COINNIGH DO MHISNEACH

Shoned Wyn Jones

Diarmuid Johnson
a d'aistrigh

Cló Iar-Chonnachta
Indreabhán
Conamara

An Chéad Chló i nGaeilge 2004
© Cló Iar-Chonnachta Teo. 2004

ISBN 1 902420 71 3

Is leagan Gaeilge é seo den leabhar Breatnaise *Fory Ddaw* le Shoned Wyn Jones
(1989), foilsithe ag Y Lolfa Cyf., Talybont, Ceredigion, An Bhreatain Bheag.

Dearadh clúdaigh: Angel Design
Dearadh: Foireann CIC

Tugann Bord na Leabhar Gaeilge
tacaíocht airgid do Chló Iar-Chonnachta

Bord na
Leabhar
Gaeilge

Faigheann Cló Iar-Chonnachta cabhair airgid
ón gComhairle Ealaíon

Clóchur: Cló Iar-Chonnachta, Indreabhán, Conamara
Teil: 091-593307 **Facs:** 091-593362 **r-phost:** cic@iol.ie
Priontáil: Clódóirí Lurgan, Indreabhán, Conamara
Teil: 091-593251/593157

Caibidil 1

'Cé a chaith an píosa páipéir sin?'

Chas an rang ar fad thart le breathnú ar Mháire Bhreatnach. Bhreathnaigh siad anall arís ar an Uasal Dillon.

'Tar anseo, a Mháire.'

D'éirigh Máire ina seasamh go mall réidh agus shiúil sí go postúil go dtí deasc an mhúinteora óig.

'Is tusa a chaith an píosa páipéir sin, nach tú?'

'Ní mé, a mháistir.'

'Agus cén fáth a raibh siad ar fad ag breathnú ort, mar sin?'

'Níl a fhios agam, a mháistir.'

Glór soineanta cailín óig a bhí aici ach bhí sí ag breathnú idir an dá shúil air le dhá shúil dhorcha ghlasa.

'An mbreathnaíonn daoine ort go minic agus gan tada déanta agat?'

'Breathnaíonn, a mháistir. Go mór mór na fir.'

Phléasc an rang ar fad amach ag gáire. Chas Máire chucu agus straois go cluas uirthi.

'Téigh ar ais chuig do shuíochán agus suigh síos. Feicfidh mé thú i ndiaidh an ranga.'

Shiúil Máire ar ais go dtí a deasc féin. Bhí a fhios aici go raibh preab ina leath deiridh agus na cosa fada le feiceáil. Ghlan an tUasal Dillon a scornach.

'Tá go maith, a chailíní. Osclaígí leathanach 69 agus breathnaígí ar cheist 3. Tá traein ag taisteal ag 100 ciliméadar san uair . . .'

Bhí Máire ag stánadh air. Níor bhreathnaigh sí ar an leabhar ar chor ar bith. Thuig sí nach ndéarfadh sé focal léi nó go mbeadh an t-am istigh mar gheall gur éirigh léi amadán a dhéanamh de os comhair an ranga. Deich nóiméad ina dhiaidh sin nuair a bhí dhá cheist eile déanta, bhí Máire ina seasamh ag deasc an mhúinteora arís eile.

'Cén fáth, a Mháire? Cén fáth?'

'Cén chaoi "cén fáth?"'

'Cén fáth a mbíonn tú drochmhúinte?'

'Ní dhearna mise ach an fhírinne a insint.'

'Tuigeann tú go maith céard atá i gceist agam. Cén fáth a mbíonn ort cur isteach ar an gceacht matamaitice i gcónaí? An bhfuil an obair ródheacair duit?'

'Níl. Tá sí éasca. Ró-éasca atá sí.'

'Beidh orm tuilleadh oibre a thabhairt duit, mar sin, nach mbeidh?'

'Níl a fhios agam, a mháistir. Dá gcuirfeá ceisteanna níos deacra orm, b'fhéidir.'

Bhreathnaigh Greg Dillon uirthi. Bhí a fhios aige go raibh sí ag magadh faoi. Bhí a béal fliuch agus chuimil sí a teanga soir siar faoi na fiacla uachtaracha. Rinne sí meangadh beag gáire. Tháinig snaidhm ina bholg.

'Mm, feicfidh muid, mar sin. Abhaile leat anois agus bí níos múinte as seo amach.'

Shíl sé go raibh sí ag magadh faoi agus í ag dul amach. Damnú uirthi! Bhí sé trí chéile mar gheall uirthi arís.

Bhí Máire ag gáire nuair a tháinig sí amach. Bhí Caitríona ina seasamh sa phasáiste ag fanacht léi.

'Bhuel, ar ith sé thú?'

'Níor ith, muis.'

'Cén chaoi "muis"?'

'Tá sé sin craiceáilte i mo dhiaidh.'

'A Mháire, stop!'

Rith an bheirt chailíní an doras amach i ngreim uilleann ar a chéile agus iad ag sciotaíl gháire.

Ba í Máire an duine ba shine de cheathrar clainne. Ní raibh ach sé bliana déag idir í féin agus a máthair. Ní raibh aithne ar bith aici ar a hathair, agus ba léir di faoin am seo gur beag aithne a bhí ag a máthair air ach oiread. Eddie ab ainm d'athair an pháiste ab óige. Nuair a bhíodh meisce ar Eddie deireadh sé faoi mháthair Mháire nach raibh sna fir aici ach cnámha i mbéal madra: cnámha le cogaint go santach. Ansin bheireadh a máthair ar rud éigin agus thosaíodh sí á bhualadh. Thugadh seisean a cuid féin ar ais di. Thosaíodh sí féin ag caoineadh. Deireadh sí gurb eisean an fear ab ansa léi ar domhan. Ba chuimhin le Máire gur dhúirt sí an rud ceannann céanna faoi athair an chúpla.

Cé gur bean óg a bhí ina máthair bhí cuma chaite chríonna uirthi. Dath buí ina cuid gruaige aici. An dath donn a bhí ann ó nádúr á nochtadh féin ar éigean ag bun na ribí. Bean slachtmhar go leor a bhí inti lá den saol, ach faoin am seo bhí blonag timpeall a básta agus gach baol ann go léimfeadh an dá chíoch mhóra amach as an mblús íseal a bhíodh uirthi. Nuair a bhíodh Eddie i ngrá léi, nó nuair a bhíodh fonn craicinn air, bhaineadh sé fáscadh aisti mar a bheadh feirmeoir ag fáscadh úth na bó. Chasadh Máire a ceann agus déistin uirthi. Gáire a dhéanadh na gasúir óga agus an

7

mháthair.   Gan aird ag Eddie ar aon duine ach é ag brionglóidigh.

Is drochbhean tí a bhí ina máthair.   B'fhearr léi suí ar a bundún ag caitheamh tobac ar feadh an lae, an teilifís a chur ar siúl leis an am a chaitheamh, nó dul ó theach go teach ag ól tae agus ag cabaireacht.   Bhíodh an páistín ag spraoi timpeall a dhá cois, smaois air, salachar brioscaí agus bainne ar a éadan.   Thagadh Eddie abhaile timpeall ceathrú tar éis a trí agus an cúpla leis.   Sa naíonra síos an bóthar a bhídís roimhe sin.   Tigh Chonaire a bhíodh Eddie ag breathnú ar na rásaí capall sa toit.   Nuair a thagadh sé abhaile chaitheadh sé é féin ar an tolg.   Ba ghearr go mbeadh sé ag srannadh.   Shuíodh an cúpla os comhair na teilifíse.   D'fhanadh gach duine le Máire.

Uaireanta thosaíodh a máthair ag réiteach tae.   Chuireadh sí an *chip-pan* ar an teas agus sciolladh sí na prátaí.   Ba le Máire an bord a leagan nuair a bheadh soithí an bhricfeasta agus an lóin nite i dtosach aici.   Fad a bhíodh sí ag ní soithí, ba mhinic Máire ag brionglóidigh ar an am fadó a raibh sí féin agus a máthair ina gcónaí leo féin.   Ní raibh caint ar Eddie ná ar athair an chúpla an t-am sin.   Ba chuimhin le Máire iad a bheith sona an t-am sin.   Ach is gearr a bhí a máthair sásta leis an saol sin.

Dhéanadh Máire beagán obair tí tar éis an tae.   Níodh sí na páistí agus chuireadh sí a chodladh iad.   Minic go leor, níodh sí beagán éadaigh nuair a bhíodh a máthair amuigh ag biongó.   Maidir leis an obair bhaile, bhíodh sí sin ar an méar fhada.

'Cá raibh tusa, as ucht Dé?'

'B'éigean dom fanacht ar scoil ag cuidiú le hIníon Uí Loingsigh.'

'Na diabhail múinteoirí sin. Shílfeá nach raibh dóthain oibre anseo duit sa bhaile.'

Bhí a fhios ag Máire go raibh ól déanta ag Eddie.

'Cá bhfuil Mama?'

'Tá sí bailithe síos chuig an *chipper*. Na gasúir ag caoineadh leis an ocras agus do mháthair róleisciúil le greim a réiteach dóibh.'

'Athróidh mé mo chuid éadaigh.'

'Déan. In áit do thóin a bheith leat tríd an sciorta sin. Chuirfeá dáir ar dhuine.'

Rith Máire suas staighre agus chuir sí glas ar an doras ina diaidh. Chuir sí a meáchan leis. Bhí a croí ag bualadh go tréan. Chuala sí Eddie ag tuisliú aníos an staighre. Bhris fuarallas ar a craiceann. Bhain sé croitheadh as an doras.

'Go bhfóire Dia orm,' arsa sise léi féin.

'Oscail an doras, a bhitchín.'

Bhí an croí ag pléascadh inti.

'Oscail é, a striapach. Tá rud agamsa duit.'

Phléasc sé amach ag gáire. Lig sé brúcht as.

'Tá mé ar ais. Íosfaimid greim.'

Ba bhinne le Máire glór a máthar ná rud ar bith ar domhan.

'Tá sí ar ais, an raicleach.'

Fuaim na gcos an staighre síos an uair seo.

'A Mháire! An bhfuil tú ag iarraidh *chips*?'

'Nílim, a Mhama. Níl mé go maith. Tá mé ag dul ar mo leaba.'

'Is cuma liomsa, muis.'

Phlab an doras. A máthair ag fógairt ar an gcúpla stopadh ag méiseáil. An páiste ag screadach. An tolg ag gíoscán agus Eddie á shíneadh féin siar agus pláta sceallóg os a chomhair. Ocras anois air seachas dúil sa chraiceann.

9

Lig Máire í féin síos ar an urlár. An dá ghlúin buailte lena smig agus na lámha ceangailte timpeall orthu. Buíochas le mac Dé gur seanteach a bhí ann agus glas ar na doirse. Dhún sí na súile mar bhí na deora ar tí briseadh uirthi. Shíl sí pictiúr Eddie a chur as a ceann ach níor éirigh léi. Eddie: duine beag, ramhar, bréan. Boladh pórtair agus toitíní ar a anáil i gcónaí. Allas ar na lámha agus dath buí an tobac ar a chuid méar tiubh. Libín gruaige ag sleamhnú síos thar a bhaithis. Ba chuma cén *gel* a chuirfeadh sé ar a cheann, bheadh an libín sin anuas leis. Bhris a gol uirthi agus ghlan na deora pictiúr Eddie as a ceann.

Ina áit sin is é pictiúr Greg Dillon a bhí le feiceáil go grinn aici os comhair a súl. An ghruaig chatach dhubh. Na súile gorma gorma. Ní ligfeadh an náire di a insint do Chaitríona fiú faoin ngrá a bhí aici dó. Is lena colainn ba mhaith le Máire é a mhealladh. Sin é an t-aon bhealach a bhí aici, dar léi. Ghoill sé uirthi go raibh seisean míshásta leis an gcluiche suirí, ach thuig sí go raibh sí féin níos aibí ná cailíní dá haois. Chonaic sí iad as cúinne a súl sa chith tar éis an ranga spóirt. Ba chuimhin léi an lá bliain roimhe sin ar chaoin sí le náire mar gheall go raibh sí difriúil ón dream eile. Chuir Iníon Uí Loingsigh ceist uirthi céard a bhí cearr. Nuair a chuala sí glór lách an mhúinteora, lig sí a racht idir dheora agus chaint agus thriomaigh sí a haghaidh le cúinne an tuáille. Thit an tuáille ar an urlár. Dúirt Iníon Uí Loingsigh léi a bheith buíoch as a cuid áilleachta agus gan ligean do dhuine ar bith é féin a bhrú uirthi. Is beag nár inis sí d'Iníon Uí Loingsigh faoi Eddie an lá sin, ach ar chúis éigin d'fhan sí ina tost.

Gheit sí. Shíl sí gur chuala sí scread. Thuig sí de réir a chéile go raibh sí sínte ar chúl an dorais agus a ceann ligthe siar aici ar an gcófra beag in aice leis an leaba. Ní raibh mothú ar bith i leathláimh aici agus b'éigean di breith ar an lámh lag le héirí ina suí. Bhí sé dorcha. Ba chosúil go raibh sí ina codladh le fada. D'éirigh sí ina seasamh go cloíte agus bhreathnaigh sí ar an gclog. Leathuair tar éis a naoi. Bhí solas na gealaí ag scaladh an fhuinneog isteach. Chuimil sí na súile le dul i gcleachtadh ar an solas breac. Chaith sí a cuid éadaigh go traochta ar an urlár. Chonaic sí a cuma féin sa scáthán agus an ghruaig rua ina fáinní síos thar a dá ghuaille. Níor cheangail sí í mar ba ghnách léi mar bhí greim ag an gcodladh uirthi anocht. Chuir sí uirthi a gúna oíche agus shleamhnaigh sí isteach idir na braillíní fuara. Is gearr go raibh sí ina codladh arís.

Gol páiste i bhfad uaithi a dhúisigh í. Rinne sí a dícheall a súile a oscailt. Chuala sí an screadach i ngar di. D'éirigh sí ina suí agus chuir sí na cosa amach as an leaba. Bhain sí an glas den doras agus trasna léi go dtí seomra na ngasúr. Shiúil sí thar na héadaí agus thar na bréagáin, rug sí ar Sam agus d'fháisc sí lena hucht é. Stop an screadach.

'Sin é. Sin é. Tá Máire anseo anois.'

Ag Dia a bhí a fhios cén chaoi a gcodlódh duine agus an gleo sin ann. Ach ba léir nach raibh cor as an gcúpla sa leaba mhór lena taobh.

Chuaigh sí síos staighre. Faoin am seo bhí Sam ag gáire agus ag crónán dó féin. Bhí a máthair ina suí ag an mbord sa chistin ag ól tae agus ag caitheamh toitín. D'ardaigh sí a ceann. Bhí leathshúil léi beagnach dúnta agus lorg dubh timpeall uirthi san áit a raibh sí ata. Chuimhnigh Máire ar an scread a dhúisigh í nuair a chonaic sí lorg na ndeor ar éadan a máthar.

'Tá sé imithe arís, an bastard.'

'Gura fada go bhfeicimid arís é.'

'Bhí a fhios agam go ndéarfá sin.'

Ní dúirt Máire tada. Ní troid a bhí uaithi an chéad rud ar maidin. Tharraing sí cupán tae di féin.

'Beidh sé ar ais, ar ndóigh.'

'Níl a fhios agam agus is cuma liom sa diabhal.'

Maidir le hEddie, ní hé seo an chéad uair a d'imigh sé. Am ar bith a gcuireadh rud olc nó cantal air d'imíodh sé leis ar feadh cúpla lá. Bhíodh ceann faoi air nuair a thagadh sé ar ais agus gan aige ach dhá euro ina phóca. Bhíodh rírá agus eascainí arís ann ar feadh cúig nóiméad, ach chuireadh sé cluain arís ar bhean an tí. Suas staighre leis an mbeirt ansin. Sin é an chaoi ar tháinig Sam ar an saol.

Páistín álainn ab ea Sam ainneoin chomh garbh is a tógadh é. Thug sé gean don saol agus níor mhiste leis a bheith á chur ó dhuine go duine agus ó theach go teach ar feadh an lae. Lena mháthair a bhí sé ag dul, ní lena athair, agus bhí Máire buíoch as an méid sin. Níor chuir Eddie mórán suime ann ach oiread is a chuir sé sa chúpla. Dá gcuirfeadh a bhean milleán air faoi sin is é an port a bhíodh aigesean nach raibh deoir dá chuid fola féin iontu. Agus maidir le Sam, cá bhfios cé ab athair dó? Gineadh é timpeall an ama a raibh Eddie as baile.

Díol trua ab ea Sam nuair a thagadh Máire abhaile. É salach ó bhonn go baithis. An clúidín mar a bheadh *plaster-of-Paris* ar a thóin. An brocamas agus an fual tirim crua air. Ise a níodh a chuid éadaigh go cúramach. Ise a thugadh folcadh dó. Ise a chuireadh a chodladh é agus boladh deas púdair agus gallúnaí air. Ba ghearr le pictiúr é an t-am sin. A chraiceann chomh geal le scilling agus tromchodladh ar an dá shúil ghorma. Ach is beag grá a fuair an créatúr óna mháthair. Ní thugadh sí amach ag siúl é. Ní dhéanadh sí ach é a chrochadh léi go místuama ar bhacán a láimhe agus greim béil aige ar an mbuidéal. Ní hiontas ar bith, mar sin, go n-ardódh sé lámh ar Mháire uair ar bith a d'fheiceadh sé í.

'An ngabhfaidh tú síos chuig an siopa dom ar maidin? Is maith an rud gur fhág an conús sin cúpla euro agam sular imigh sé.'

'An bhfuil tú ag iarraidh orm an níochán a dhéanamh?'

'Níl. Is fusa dom dul chuig an níolann ná chuig an siopa agus an bhail atá orm.'

'Ceart go leor. Imeoidh mise nuair a bheidh mé gléasta.'

* * *

Bhrúigh Máire an geata uaithi le barr a coise agus shiúil sí go drogallach suas an cosán go teach a seanmháthar. Shroich sí an doras, leag sí uaithi na málaí agus bhuail sí an cloigín. D'oscail an doras ar an bpointe.

'Tú féin atá ann, bail ó Dhia ort. Bhí mé ag súil leat le fada.'

'B'éigean dom dul ag siopadóireacht ar maidin seachas an níochán a dhéanamh.'

'Gabh isteach, mar sin. Beidh tae againn.'

Lean sí a Mamó siar sa chistin agus d'fhág sí na málaí sa phóirse.

'Agus cá bhfuil an *lady* inniu?'

'Tá sí imithe leis an níochán a dhéanamh. Ní fhéadfadh sí dul ag siopadóireacht agus an bhail atá uirthi.'

'Ó, an mar sin é, muis?'

'Is ea. Tá sé féin imithe arís.'

'Gura fada go bhfeicimid arís é.'

'Nach é sin a dúirt mé féin. Ach tiocfaidh sé ar ais.'

'Tiocfaidh, mo léan.'

Bean an-ghnaíúil ab ea Mamó. Is beag a cheapfá gur iníon léi a bhí sa bhean eile, ach is ar a fear céile a chuir Eileen Bhreatnach an milleán maidir leis sin.

'Bhí Tomás an-chrua uirthi. Ní hiontas ar bith go bhfuil sí mar atá sí.'

Sin é a deireadh sí. Bhí cion an domhain ag Mamó ar Mháire. Is annamh a thagadh a mac Brian agus a chlann ar cuairt chuici. Ní raibh oiread aithne aici ar chlann Bhriain dá bharr sin.

'Tá Mamó an-cheanúil ortsa, a leanbh. Níl a fhios agam céard a dhéanfainn murach thú.'

Ba dheas an chaint sin a chloisteáil agus tuiscint go raibh meas uirthi.

'Sin é. Cupán deas tae. Agus déanfaidh mé ceapaire duit.'

'Ní fhéadfaidh mé fanacht, a Mhamó. Níl splanc céille aici féin ó aréir. Seans go dtiocfaidh sí anseo do mo chuardach.'

'Má thagann, muis, cuirfidh mise béasa uirthi. Níl a fhios agam céard atá uirthi, muis. Bíonn sí i gcónaí ag plé leis na fir. Tá leath na tíre ag magadh fúithi, ní áirím fúm féin. Cloisim an chogarnach nuair a théim ar aifreann. Tá faitíos orm nach ligfidh an sagart dom comaoineach a ghlacadh.'

'Stop den chaint sin, a Mhamó,' arsa Máire, nuair a chuala sí an creathán ina glór, 'nach bhfuil a fhios ag an saol go ndearna tusa do dhícheall ar a son.'

'Níl a fhios agam. Bíonn na daoine ag cúlchaint, bíodh a fhios agat. Bhí mise ag iarraidh uirthi cónaí liomsa nuair a bhí tusa i do pháistín agus mise liom féin. Ach b'fhearr léi a bheith neamhspleách an t-am sin.'

'Cén dochar! Ólfaimid cupán eile tae agus íosfaimid ceapaire. Tá mé stiúgtha. Agus má thagann sí féin, go bhfóire Dia uirthi, beidh tae agus ceapaire ag an triúr againn in éineacht.'

*   *   *

Bóthar leathan casta a bhí i mbóthar Ros Ard. Bhí beagnach leathmhíle bealaigh ón ngeata go dtí an teach féin. Bhí coill mhór ar dhá thaobh an bhóthair agus ródaidéandróin ag fás ann faoi bhláth pinc agus dearg. An té a shiúlfadh an bóthar aníos, d'fheicfeadh sé an choill timpeall an tí agus tuilleadh crann ar a chúl amach. Idir an teach agus an choill bhí féar mín álainn áit a raibh gach cineál róis faoi chóir agus faoi chúram. Bhí grianán breá ar thaobh na láimhe deise áit a bhféadfadh na cuairteoirí suí go compordach ag breathnú ar an leadóg á himirt ar an gcúirt ar thaobh na láimhe clé. I dtóin an ghairdín bhí linn mhór éisc agus droichead uirthi a thabharfadh duine i dtreo na coille.

Dá ndéanfadh an comhlacht tithe 'Ó Dónaill agus Mac Aodha' cur síos ar Ros Ard ní fhéadfadh duine locht ar bith a fháil air. Seanteach uasal ón ochtú haois déag a bhí ann a cóiríodh arís tar éis 1922. Seacht seomra leapa agus ceithre cinn acu *en suite*. Seomra mór, seomra suite, seomra bricfeasta, seomra bia, leabharlann, cistin bhreá, *foyer*, dhá sheomra folctha agus halla aoibhinn a raibh dhá staighre ann. Sa chistin bhí doras síos chuig an siléar áit a raibh fíon á choinneáil agus rudaí go leor eile nach mbíodh ag teastáil ach ó am go chéile. Seanghairdíní suite ar cheithre acra talún. Ní raibh duine a d'fheicfeadh an teach cloiche sin agus a fhuinneoga móra nach dtabharfadh taitneamh dó.

15

Bhí Ciarán Ó Dónaill ina sheasamh i lár an *foyer* ag breathnú ina thimpeall. B'aoibhinn leis i gcónaí lán na súl a bhaint as a theach uasal. D'éirigh le Denise blas an tseansaoil a thabhairt slán sa rogha troscáin a bhí déanta aici. Bhí gach aon ní ag luí le chéile, idir an troscán, na dathanna *pastel*, agus na plandaí úra glasa. Ach maidir le Ciarán, ba dhuine ar leith eisean. Fear ard téagartha, dhá shúil dhorcha ina cheann agus mullach fionn gruaige air. Thug Denise grá a croí dó an nóiméad a bhfaca sí é ag damhsa cinn bhliana an choláiste leighis, agus bhí an grá céanna aici dó anois féin faraor.

D'ardaigh Ciarán a cheann go tobann nuair a chuala sé gáire meidhreach ag teacht as an seomra mór. Bhí amharc aige an doras oscailte amach ar a bhean agus ar a cara Lisa ag teacht isteach trí na doirse Francacha.

'Is breá liom an deireadh seachtaine a chaitheamh anseo, a Denise, go mór mór agus an aimsir chomh breá sin.'

'Is trua nár fhéad Howard teacht leat.'

'Cúrsaí oibre, a chailín. Ní féidir le Howard an gnó a fhágáil faoi dhuine ar bith eile ar feadh dhá uair an chloig. Tá a fhios agat féin.'

Isteach le Ciarán sa seomra chucu.

'Ó, is tú atá ann, a Chiaráin. Ní raibh a fhios agam go raibh tú istigh.'

'Níl mé i bhfad istigh, a Denise. A Lisa, is deas thú a fheiceáil arís.'

Shiúil sé chuici, a dhá lámh sínte amach, agus phóg sé í ar a leiceann. Nuair a d'airigh Lisa a dhá lámh timpeall uirthi bhí áthas uirthi go raibh cuma chomh slachtmhar uirthi. Gúna dearg *Dolce & Gabbana* a bhí uirthi, an droim íseal, é cúng in íochtar, rud a d'fheil di. Bhí dath breá gréine uirthi agus mullach dubh gruaige. Idir sin ar fad, thuig sí cé chomh hálainn agus a bhí sí ag breathnú.

'Dúirt Denise nach mbeifeá sa bhaile go dtí a trí,' arsa sí, agus sheas sí siar uaidh.

'Chuir duine de na custaiméirí coinne siar, agus ó tharla tráthnóna Aoine ann, agus comhluadar chomh spéisiúil ag feitheamh liom, chríochnaigh mé luath.'

Rinne Lisa gáire agus shuigh sí ar an tolg ar aghaidh Chiaráin. Chonaic sí an chúlfhéachaint a thug sé uirthi nuair a chuir sí na cosa trasna ar a chéile agus bráisléid óir ag glioscarnaigh faoi sholas na gréine ar a rúitín.

'Déarfaidh mé le Nan go mbeidh tú anseo don dinnéar, mar sin.'

'Tá go maith, a Denise. Ólfaidh mé féin agus Lisa braon roimh an mbéile.'

Bhí fearg ar Denise léi féin agus í ag siúl trasna an halla go dtí an chistin. Bhí an-mheas aici ar Lisa. Seanchairde scoile a bhí iontu. Ach d'éirigh léi i gcónaí í a chur in áit na leithphingine, go mór mór i gcomhluadar na bhfear agus i gcomhluadar a fir chéile féin. Bhí a fhios aici a cuid éadaigh féin a bheith chomh faiseanta le héadach Lisa. Ach ar bhealach, is fearr an chuma a bhí ar an mainicín i bhfuinneog an tsiopa ná uirthi féin. 'Éinín beag' a thugadh Ciarán uirthi, ach thuig sí féin anois gur róthanaí a bhí sí, mar a bheadh buachaill óg, agus a cuid gruaige doinne ag sileadh go míshlachtmhar síos lena héadan. Gruagaire den scoth ab ea Muiris, ach fós féin deireadh sé gur beag a d'fhéadfadh sé a dhéanamh ar son Denise. Níor shíl sí riamh gur bhean an-dathúil í, ach bhí an-nádúr inti, rud a mheallfadh daoine ina treo, idir óg agus aosta, idir fhir agus mhná. Bhí sí aerach, gealgháireach agus gan scáth ná faitíos uirthi, ach tar

17

éis cúig bliana déag de shaol an phósta, agus a chuid ama caite ag Ciarán i measc ban eile, ní raibh na tréithe sin féin chomh suntasach agus a bhíodh.

'Beidh fear an tí ag ithe dinnéir in éineacht liom féin agus Lisa,' arsa sí le Nan nuair a chuaigh sí go dtí an chistin.

'An mbeidh Aoife anseo don tae tráthnóna?'

'Ní bheidh. Beidh sí tigh Helen don tae. Ní bheidh ann ach an triúr againn, a Nan.'

'Tá go maith.'

Bhí oiread fáilte ag Denise roimh Lisa is go ndearna sí dearmad ar an easaontas idir í féin agus a híníon. Ní raibh smacht ar bith aici uirthi le tamall anuas. Bhí fuath ag Aoife dá máthair mar gheall go raibh cosúlacht eatarthu. B'fhearr léi a bheith dathúil cosúil lena hathair. Shíl Denise misneach agus féinmheas a mhúineadh di, ach b'obair in aisce a bhí ann. Choinnigh sí an saol fad a láimhe uaithi agus bhí fuacht idir í agus a hathair cé go bhfaca Denise an grá a bhí aici dó ag lonrú ina súile. Sin í an ghreim a bhí aige ar an máthair agus ar an iníon araon.

Nuair a chuaigh sí ar ais chuig an seomra mór bhí Ciarán agus Lisa ag ól an dara Martini. Faoin am seo bhí Ciarán ina shuí in aice le Lisa. Bhí a lámh sínte aige go sásta ar bharr an toilg ar chúl a cinn. Bhí an bheirt ag gáire os íseal. Chrom Lisa lena gloine a chur ar an mbord os a comhair. Is ansin a chuimil Ciarán a mhéar dá cnámh droma. Lig sé air nach raibh uaidh ach an gúna álainn a mholadh. Chonaic sé Denise ina seasamh sa doras.

'Is deas é an dath gréine ort, a Lisa. Nach fíor dom é, a Denise?'

Shuigh Lisa aniar go mall.

'Is deas. Sin é a bhí mé a rá léi nuair a tháinig sí.'

'Ní maith le Denise an ghrian mar gheall ar an mianach geal atá inti, a Lisa. Bíonn sí chomh dearg le gliomach.'

Las Denise agus thuig Lisa go raibh náire ar a cara.

'Nach aici atá an chiall!' ar sí. 'Beidh tusa agus mise chomh triomaithe le seanúll nuair a bheimid sean.'

'B'fhéidir é. Ach nach againn atá an spraoi anois agus na daoine ar fad a bhíonn ag déanamh iontais dínn!'

'Stop ag déanamh gaisce. An bhfuil an dinnéar réidh, a Denise? Nuair a bhím as baile don deireadh seachtaine is breá liom rud a ithe seachas bia an *bistro*. Ní ag caitheamh anuas air é, ar ndóigh, ach is deas an rud athrú. Caithfidh mé a rá go bhfuil Nan chomh maith céanna ag cócaireacht le Howard. Ach ná habraígí é sin leis.'

Rinne an triúr gáire. Is minic a d'éirigh le Lisa greann a chur sa chomhrá nuair a bhí daoine eile ag éirí beagán teasaí.

'Seo libh agus suífimid chun boird,' arsa Denise.

Rug Ciarán ar láimh ar Lisa le cuidiú léi éirí. Bhreathnaigh sé idir an dá shúil uirthi. Mm, ní fhéadfadh sé a bheith cinnte fós an raibh sí ar tí géilleadh don mhian a chuir sé in iúl.

'Go hálainn, a Denise,' arsa Lisa nuair a bhí an dinnéar ite acu: *pâté* baile, tósta, sailéad bradáin, gliomach, *pavlova* sú craoibhe agus uachtar úr.

'An lá nach mbeidh Nan ag teastáil uait, cuir suas chuig an *bistro* í.'

Bhí Ciarán ar aon fhocal léi.

'Caithfidh mé a rá go bhfuil a cuid cócaireachta thar barr,' arsa sé.

'Níl a fhios agam cén fonn atá oraibhse beirt, ach ólfaidh mise mo chuid caife ar an b*patio*. Ní ceart a bheith istigh agus é ina scairteadh gréine.'

'An-smaoineamh,' arsa Lisa. 'Seo leat, a Denise, ligfimid scíth tar éis dinnéir.'

Chuaigh an triúr amach tríd an seomra mór le suí ar na cathaoireacha gréine ar chúl an tí. Bhí an *patio* agus an teach beagán níos airde ná an chuid eile den ghairdín agus céimeanna thall agus abhus síos chuig an bhféar. Cuireadh bláthanna ar an mbruach idir an dá leibhéal agus bhí siad ina mbrat ildaite faoin am seo. *Patio* leathan a bhí ann, agus in íochtar ar fad ann bhí barbaiciú agus díon air ar chruth pubaill dá mbeadh an lá gaofar. Is iomaí oíche scléipe a caitheadh ar an b*patio* sa samhradh, agus nuair a bhíodh fuacht sa tráthnóna théadh an chóisir isteach.

'Níl aithne agam ar dhuine ar bith eile a bhfuil gairdín chomh hálainn céanna acu,' arsa Lisa agus í á síneadh féin go compordach ar an leaba ghréine.

'Fan go mbeidh an linn snámha déanta againn,' arsa Ciarán. 'Nach ort a bheidh an t-éad ansin!'

'Cén uair a bheidh siad ag tosú ar an obair?'

'An tseachtain seo chugainn,' arsa Denise. 'Bhí na fir anseo inné ag breathnú ar an áit.'

'Níor dhúirt tú tada liomsa faoi sin,' arsa Ciarán go briosc.

'Ní raibh deis agam. Bhí leath na hoíche caite sular tháinig tú abhaile agus bhí tú imithe arís ar maidin sular éirigh mise.'

'Shílfeá go bhfágfá nóta dom.'

'Glaofaidh mé ar an rúnaí an chéad uair eile.'

Rinne Lisa gáire le héascaíocht a chur sa chaint arís.

'Fir ghnó, a Denise. Tá Howard díreach mar sin. Isteach agus amach as an árasán agus gan an t-am aige le *"hello"* a rá. Ní theastaíonn saoire liom féin uaim, dáiríre, mar ní fheicim é ach go hannamh, ar aon nós.'

Rinne siad ar fad gáire.

'Maidir le saoire, a Lisa, cén chaoi a raibh an tseachtain in Rhodos?'

'Go hiontach. Bhí mé á rá le Denise. Theastódh seachtain eile. D'fhan muid in áit a dtugann siad Lindos air. Tá *acropolis* acu ann agus deir siad gur ann a tháinig Naomh Pól i dtír nuair a bhí sé ag misinéireacht. Ba mhór an jab siúl go barr an *acropolis*, ach nuair a tháinig muid ann bhí sé thar barr. Radharc iontach.'

'Bhí saoire mhaith agat, mar sin.'

'Ó bhí, go deimhin. Bia maith, teas na gréine agus togha an chomhluadair freisin.'

'Is dócha go bhfuil aiféala ar Howard nach ndeachaigh sé in éineacht leat?'

'Níl, go deimhin. Ní féidir Howard a scaradh ón *bistro*, tá a fhios agat. Agus, ar ndóigh, bhí Charles ina chuideachta nuair a bhí mise as baile.'

Thug Denise faoi deara go raibh mar a bheadh ceo ar shúile Lisa de réir mar a bhí sí ag caint ar Howard.

'Ach ar thaitin an tsaoire le Terry?' arsa sí.

'Ó, thaitin agus go mór.'

Ba í Terry an deirfiúr óg a bhí ag Lisa. Ní fada ó bhí colscaradh faighte aici agus d'íoc Lisa as na laethanta saoire le hardú croí a thabhairt di. Bhí cairde le Lisa ina gcónaí sa Ghréig agus d'fhan an bheirt in éineacht leo.

'Bhuel, a mhná, buailfidh mise síos chuig an chlub gailf go fóill, munar miste libh. Seasfaidh mé san amharclann ar an mbealach go bhfeicfidh mé an féidir liom ticéid a fháil i gcomhair seó éigin anocht. Beidh béile againn sa Casanova i ndeireadh na hoíche.'

'Tá go maith,' arsa Denise. 'Beidh deis cainte agam féin agus ag Lisa le chéile nuair a bheidh tú imithe.'

'Seachnaígí an ghrian. Níl an samhradh ach ina thús agus tá goimh sa ghaoth fós. Níor mhaith liom go dtógfá slaghdán, a Lisa.'

Chuimil sé a lámh dá cos mar spraoi agus bhain sé fáscadh beag aisti os cionn na glúine.

'Agus bíodh an parasól agatsa, a Denise. Níor mhaith leat dul chuig an dráma anocht agus éadan dearg ort. Slán agaibh, a mhná.'

D'imigh Ciarán leis.

Lig Denise osna mhór nuair a bhí sé imithe agus shuigh Lisa ag breathnú aníos uirthi. Bhain sí di na spéaclóirí gréine.

'Ní raibh sé ach ag magadh, déarfainn.'

'Ag fonóid, déarfainn féin.'

'Ní dóigh liom go raibh aon dochar ann, a Denise.'

'Mise atá pósta leis, a Lisa. Is leor nod . . .'

'Is leor, is dócha.'

'Cuireann sé náire orm, go mór mór i láthair daoine eile. Agus shílfeá gur maith leis a bheith do mo cháineadh. Blianta ó shin bheadh freagra agam air agus chasfainn a chuid cainte ar ais leis ionas go mbeadh náire air féin faoin méid a bhí ráite aige. Ach déanfaidh mé an fhírinne leat, a Lisa. Níl sé de mhisneach agam bacadh le freagra níos mó.'

'Agus meas tú, an imeofá uaidh?'

'Ach cá rachainn? Tá a fhios agam go bhfaighinn leath an tí nó tuilleadh, b'fhéidir, mar is bronntanas pósta ó Dheaide a bhí ann. Ach céard a dhéanfainn ansin? Cé a d'fhostódh dochtúir agus gan aici ach taithí bliana le cúig bliana déag anuas? Ní dóigh liom é. Tá athrú mór ar an saol. Mura bhfuil sé de mhisneach agam freagra a thabhairt air níl ann ach óinsiúlacht a bheith ag smaoineamh ar imeacht uaidh. Agus ansin, ar ndóigh, caithfidh mé cuimhneamh ar Aoife.'

'Agus cén chaoi a bhfuil sise?'

'Níl a fhios agam cá mhéad a fheiceann sí. Tá meas an domhain aici ar a hathair cé go mbíonn sé ag fonóid fúithisean mar a chéile. An miste leat má bhíonn cith agam? Tá teas na gréine ag cur meabhráin orm.'

'Ní miste! Fanfaidh mise i mo luí anseo agus b'fhéidir go gcodlóinn néal. Tá tuirse orm tar éis an aistir.'

'Tá go maith.'

D'éirigh Denise. Shiúil sí i dtreo an dorais ach chas sí le labhairt lena cara.

'Lisa.'

'Is ea?'

'Is aoibhinn Dia duit agus chomh sásta agus atá tú le Howard.'

'Sásta?' arsa Lisa léi féin agus Denise ag siúl isteach sa seomra mór. 'Dá mbeadh a fhios agat a leath . . .'

Caibidil 2

Ní raibh aon duine i seomra na múinteoirí ach bhí sé lán le boladh toitíní tar éis am sosa. D'oscail Greg Dillon an fhuinneog agus shuigh sé chun boird ag iarraidh carnán cóipleabhar de chuid an cheathrú bliain a cheartú. Ní raibh fágtha sa téarma ach cúig seachtaine agus ansin bhí saoire fhada aoibhinn roimhe amach. Bhí sé i gceist aige an chuid ba mhó den tsaoire a chaitheamh sa bhaile lena mhuintir i gContae Mhaigh Eo. Ba mhaith leis a mháthair a bheith ag freastal air agus d'fhéadfadh sé an tír agus an cladach a shiúl ar a chomhairle féin. Bhí socrú déanta aige seachtain saoire a chaitheamh ag campáil sa Fhrainc le beirt chairde leis agus seachtain eile ag an bhfleá cheoil i Lios Tuathail. Bhí sé ag tnúth leis na laethanta saoire. Ní hé nár thaitin an mhúinteoireacht leis, ach chaithfeadh sé a rá gur obair chrua a bhí ann cuid den am, go mór mór dá mbeadh an rang beagán sciotach agus iad ag déanamh a ndícheall lena náiriú. Rud a rinne siad ar maidin.

Is maith a thuig sé céard a bhí Máire Bhreatnach ag iarraidh a dhéanamh: é a mhealladh agus a chur dá bhuille. Ba léir dó gur thuig an rang ar fad é sin. Agus is éard ba mheasa go raibh ag éirí léi. Níor shíl sé riamh go ndéanfadh cailín scoile é sin air. Ba chuimhin leis a bheith i measc na leads bliain ó shin agus iad ag caint faoin ábhar seo. Bhí siad tar éis an coláiste traenála a fhágáil agus jabanna faighte ag a bhformhór ar fud na hÉireann. Ag magadh faoi chailíní na hArdteiste a bhídís, ach dáiríre, thuig siad an cás go rímhaith. Rud amháin a bheith ina measc sna clubanna i Luimneach ag an deireadh seachtaine. Rud eile ar fad an chaoi a mbeadh cúrsaí idir an dalta agus an múinteoir.

Osclaíodh an doras, tháinig Diane Ní Loingsigh isteach, agus d'imigh na smaointe sin as a cheann.

'Leat féin atá tú?'

'Shílfeá é. Mura bhfuil 'Miss' Powell i bhfolach sa chófra réidh le léim amach sa mhullach orm.'

'Céard a rinne sí ort anois?'

'Dúirt sí go raibh an iomarca gleo ag na cailíní agus iad ag teacht ón *gym*. "Tá siad ag cur isteach ar an obair léinn, a Iníon Uí Loingsigh" a deir sí liom go húdarásach.'

'An mar sin é?'

'Is ea. An bhfuil tú ag iarraidh cupán caife?'

'Nílim, go raibh maith agat.'

Líon sí an ciotal go bríomhar. Bhreathnaigh Greg uirthi. Bhí sciorta leadóige uirthi, sciorta gearr agus léine gheal a raibh straidhpeanna gorma uirthi. Bhí dath breá gréine ag teacht ar a cosa agus ar a lámha tar éis di a bheith amuigh faoin aer gach lá. Chrom sí síos le cupán a fháil sa chófra faoin doirteal. Chonaic Greg go raibh bríste gearr uirthi faoin sciorta. Las sé nuair a chonaic sé an chuma a bhí ar an dá cheathrú agus rug sé go tapa ar cheann de na cóipleabhair a bhí os a chomhair.

'Ná habair go bhfuil tú ag ceartú tráthnóna Dé hAoine!'

'Caithfidh mé. Tá go leor ag tarlú an deireadh seachtaine seo.'

'Nach aoibhinn Dia duit.'

'Tá mé cinnte nach mbeidh tú féin díomhaoin.'

'Ní bheidh, b'fhéidir. An seanscéal céanna: árasán le glanadh, éadach le ní, mo chuid cócaireachta a dhéanamh dom féin.'

'Dona go leor. Cé a chreidfeadh go mbeadh Diane aerach ina sclábhaí tí ag an deireadh seachtaine?'

'An deireadh seachtaine seo, pé scéal é. Tá cara san árasán liom ach beidh sise as baile agus tá mo chuid cairde eile gnóthach. Céard fútsa?'

'Cúpla pionta leis na leads anocht agus beimid ag dul ag siúlóid amárach. Tá cara liom ina chinnire ar chlub óige agus tá sé le cuid de na gasúir a thabhairt amach don lá. Tá súil agamsa saoire a chaitheamh ag sléibhteoireacht sa Fhrainc i rith an tsamhraidh agus shíl mé nár dhochar cleachtadh a dhéanamh.'

'Tá ciall leis sin. Tá sé geallta go breá, ar aon nós. Beidh an-lá agaibh.'

'An dtiocfaidh tú in éineacht linn?'

'Beidh mo chroí briste mura ndéanaim an glanadh agus an níochán.'

'Ná bac leis sin. Tar in éineacht linn. Tá grúpa againn ag dul amach. Beidh an-lá agat.'

'Níl a fhios agam. Ní bheadh aithne agam ar na daoine, agus níor mhaith liom . . .'

'Ara, stop. Ní féidir go bhfuil tusa cúthail. Féach, déan do mhachnamh air agus glaofaidh mé ort anocht go bhfeice muid. Ceart go leor?'

'Ceart go leor.'

Bhuail an clog. D'éirigh Greg ina sheasamh.

'Ní bhíonn an rang deireanach agatsa go hiondúil ar an Aoine, an mbíonn?'

'Ní bhíonn. Ag feitheoireacht do Frank atá mé. Tabharfaidh mé obair dóibh agus críochnóidh mé an mharcáil seo. An bhfeicfidh mé ar ball thú?'

'Ní fheicfidh. Beidh mé imithe. Tosóidh mé ag glanadh ar fhaitíos go n-athróinn m'intinn faoi amárach.'

'Le cúnamh Dé.'

'Feicfidh muid. Slán go fóill.'

'Slán.'

Nuair a dhún sé an doras ina dhiaidh bhí cuma smaointeach ar Diane Ní Loingsigh agus dearmad déanta aici ar a cuid caife.

* * *

Bhí rogha carranna ag Ciarán faoi mar a bhí rogha ban aige. BMW ciallmhar, compordach dá chlann agus Toyota MR2 dó féin. An Toyota ab fhearr a thaitin leis. Carr íseal, dath dúghorm in íochtar uirthi agus dath na spéire in uachtar. Ní raibh inti ach áit do bheirt agus b'aoibhinn le Ciarán tréithe an chairr: an dea-chuma, an luas, an ghalántacht. Bhí slí sa bhút dá chuid maidí gailf. CÓD1 an uimhir a bhí ar an gcarr, rud a ndéanfadh na fir agus na mná iontas de agus é ag rásaíocht ó áit go háit.

Ar a bhealach go dtí an club gailf thug sé sracfhéachaint ó am go ham sa scáthán. Ní leis an trácht a fheiceáil a rinne sé sin ach ar mhaithe le breathnú air féin. Shroich sé an club, thóg sé na maidí amach as an mbút, agus thug sé aghaidh ar an mbeár. Ba thúisce deoch ná cluiche.

'A Chiaráin! Ólfaidh tú pionta liom roimh an gcluiche.'

Is é Seán a bhí ann, ag fógairt aníos ón gcoirnéal.

'Ceannóidh mise an ceann seo mar is tusa a bheidh ag íoc ar ball.'

Rinne sé gáire os ard. Is é an nós a bhí acu, an té a chaillfeadh an cluiche, ba leis an deoch a cheannach.

'Ná bí chomh cinnte sin,' arsa Ciarán agus é ag ligean rud beag magaidh ar a ghlór. Thaitin Seán leis mar chéile comhraic ach chuireadh a chuid gleo agus a chuid seafóide cantal air cuid den am. D'ól Ciarán a phionta go tapa.

'Seo,' arsa sé, 'fág seo. Tá oíche mhaith romhamsa agus níl mé ag iarraidh a bheith mall.'

Bhí Denise níos fearr tar éis di a scíth a ligean ar an leaba ar feadh uair an chloig tráthnóna. Ghlan an tinneas cinn a bhí uirthi. Bhí cith agus gloine fíona aici agus d'imigh an tuirse di ar fad. Chuir sí uirthi gúna dúghorm le seaicéad ar dhath an uachtair. Dúirt Ciarán go raibh cuma an-dathúil uirthi, rud ab annamh leis a rá.

Gúna dubh síoda a chuir Lisa uirthi féin. É breá scaoilte in uachtar agus snaidhm air faoina com. Ón mbásta síos bhí an t-éadach fillte ar a chéile go mín timpeall ar a cosa. Muinchillí go huillinn a bhí air agus an droim thar a bheith íseal. Bhí seál geal óir ar a guaillí agus cuaráin arda óir uirthi. Bhí a cuid gruaige ceangailte aici agus fáinní dronuilleacha óir ina cluasa. Chomh maith leis sin bhí dath buí uirthi tar éis uair an chloig nó dhó ar an b*patio*. Tríd is tríd ba mhór an áilleacht í. Bhí súile Chiaráin sáite inti. Nuair a shiúil siad isteach san amharclann agus sa Chasanova ar ball, ba léir dó go raibh na fir eile chomh meallta céanna aici.

Bhain an triúr taitneamh as *La Traviata* agus as an mbéile

ina dhiaidh sin agus bhí sé fiche tar éis a haon ar maidin nuair a bhain siad Ros Ard amach agus iad tuirseach traochta. Bhí scéal tagtha ó Aoife ó am tae go mbeadh sí tigh Helen an oíche sin.

'An ólfaidh sibh braon sula dtéimid a chodladh, a mhná?' arsa Ciarán.

'Ní ólfaidh mise tada, a Chiaráin,' arsa Denise. 'Nach bhfuil ár ndóthain ólta againn cheana? Tá mé féin ag dul a chodladh, pé scéal é.'

'Oíche mhaith, a Denise,' arsa Lisa. 'Bhí an oíche thar cionn, go raibh míle maith agat.'

Bhreathnaigh an bheirt uirthi ag dul suas staighre.

'A Lisa, ólfaimid braon sula dtéimid a chodladh,' arsa Ciarán agus é ag siúl isteach sa seomra mór.

'Ó ní fhéadfaidh, a Chiaráin. Ní anocht.'

Chas seisean chuici agus rug sé ar láimh uirthi. Labhair sé go magúil.

'Ní ligfidh tú dom a bheith ag ól liom féin.'

'Níl neart air, tá faitíos orm. Tá na súile ag dúnadh orm.'

'Bhuel, tá an tolg sách compordach agus tá guaillí breá leathan ormsa.'

Bhreathnaigh sé idir an dá shúil uirthi ach ní dúirt ceachtar acu focal.

'Is í an leaba an t-aon áit a bheidh leathan go leor domsa anocht,' arsa Lisa chomh magúil céanna. 'Tá mé tugtha. Oíche mhaith, a Chiaráin.'

Scaoil sé lena lámh agus bhreathnaigh sé uirthi ag siúl trasna an halla. Isteach leis chuig an mbuidéal branda ansin.

* * *

Bhí Diane ag dul isteach san fholcadán nuair a bhuail an fón.

'Heileo.'

'Heileo. Diane? Greg anseo.'

'Ó, hi. Cén chaoi a bhfuil tú?'

'Go maith. Tú féin?'

'Ag ligean mo scíthe tar éis seachtaine crua.'

'Ar smaoinigh tú ar an lá amárach?'

'Smaoinigh, cinnte.'

'Bhuel?'

'Bhreathnaigh mé ar an éadach salach agus ar na soithí agus ar an dusta ar fad agus tháinig pictiúr aoibhinn isteach i mo cheann: lá ag siúl sna sléibhte. An bhfuil freagra na ceiste ansin?'

'Tiocfaidh tú, mar sin.'

'Tiocfaidh.'

'*Fair play* duit. Baileoidh mé thú thart ar a hocht maidin amárach. OK?'

'Tá go maith. Feicfidh mé amárach thú, mar sin. Slán.'

'Slán. Ó, a Diane, bí cinnte agus tabhair leat greim lóin.'

'OK. Slán.'

'Slán, agus go raibh maith agat.'

Chuala sí clic ar an bhfón sular fhéad sí a thuilleadh a rá. Isteach léi sa seomra folctha agus meangadh gáire ar a béal. Lig sí í féin síos san uisce te agus sa sobal deas bog. Bhí sí ag súil leis an lá amárach níos mó ná mar a shíl sé.

* * *

D'éirigh Denise go moch ainneoin chomh deireanach is a chuaigh sí a luí. Bhí Ciarán fós ina chodladh agus rinne sí a dícheall gan torann a dhéanamh le linn di a bheith á ní agus á gléasadh féin. Níor oscail sí na cuirtíní sa seomra folctha ná sa seomra leapa ach oiread. Fós féin, bhí an teach an-gheal. Shíl sí go mbeadh lá breá eile ann. D'oscail Denise doras an tseomra leapa go mall agus síos staighre léi. Ní raibh gíog as seomra Lisa ach oiread.

Ní raibh Nan tagtha fós nuair a chuaigh Denise isteach sa chistin leis an gciteal a chur síos le haghaidh an tae. Ní raibh súil ar ais le hAoife go dtí tar éis an dinnéir. Bhí súil ag Denise nach mbeadh sí ag troid lena hiníon níos mó, go mór mór os comhair Lisa. Bhí Aoife fuarchúiseach go maith léi le tamall anuas. Shíl an iníon go raibh an mháthair ag cur a ladair ina saol. Bhí siad an-gheal lena chéile nuair a bhí Aoife ina cailín beag. Chaitheadh Denise go leor ama ag spraoi lena hiníon agus ag léamh scéalta di. Ní raibh ó Denise ach beagán féinmheasa a chur i gcroí Aoife agus í a chur amach i measc daoine dá haois féin níos minice. Ba dheacair a rá cén uair a tháinig an doicheall eatarthu. Chuir Denise na smaointe sin go cúl a cinn agus tharraing sí cupán tae di féin.

'Beidh cupán agam féin.'

Is é glór Chiaráin a bhain an gheit aisti.

'Ó, tá tú i do shuí. Rinne mé mo dhícheall a bheith ciúin.'

'Is léir nár éirigh leat.'

Ní dúirt Denise tada. Ní troid a bhí uaithi an chéad rud ar maidin.

'Nár éirigh Lisa fós?' arsa Ciarán.

'Níl dé uirthi fós, is cosúil.'

'Tabharfaidh mé cupán chuici nuair a bheidh sé seo ólta agam.'

'B'fhearr duit ligean di codladh. Bhí tuirse uirthi tar éis an aistir.'

'Céard atá ort, a Denise? An bhfuil faitíos ort go léimfinn isteach sa leaba léi?'

'Rinne tú a leithéid cheana, muis,' arsa Denise os íseal agus chas sí chuig an doirteal lena cupán a ní.

'Céard a dúirt tú?'

Níor fhreagair Denise é.

'Faigh cupán di, mar sin,' arsa Ciarán agus shlog sé an dá bhraon a bhí i dtóin a chupáin féin.

Thóg sé an cupán lán agus an sásar óna lámh.

'Feicfidh mé ar ball beag thú!'

Rinne sé gáire os ard. Amach leis chuig an gcistin. Chas Denise a droim leis ar fhaitíos go bhfeicfeadh sé na deora ag briseadh faoina súil. Dhún sí a dhá dorn ar a chéile go teann agus sháigh sí na hingne i bhfeoil na mbos.

Bhuail Ciarán go deas bog ar dhoras sheomra leapa Lisa. Baineadh siar as nuair a osclaíodh an doras ar an bpointe. Bhí Lisa ina seasamh ann agus gúna bláfar cadáis uirthi.

'Dia duit, a Chiaráin. Ar mo bhealach síos a bhí mé.'

'Shíl mé go dtaitneodh cupán tae leat.'

'Go raibh míle maith agat. Ólfaidh mé sa chistin in éineacht le Denise é. Chuala mé ag éirí ar ball í.'

Thóg sí an cupán is an sásar óna lámh agus tharraing sí an doras ina diaidh. Síos an staighre léi. Leath bealaigh síos chas sí timpeall agus bhreathnaigh sí air.

'Gléas thú féin, maith an fear. Mar a dúirt tú féin inné, is mór an feall a bheith istigh agus an lá chomh breá sin.'

Bhreathnaigh Ciarán ar an róba gearr a bhí sé a chaitheamh agus tháinig náire an domhain air den chéad uair leis na blianta.

Chuaigh Denise agus Lisa ag siopadóireacht tar éis an bhricfeasta. Bhí siopa éadaigh den scoth ar an mbaile agus leithéidí *Armani*, *Ralph Lauren* agus *Prada* le fáil ann. An t-éadach, an stíl, na dathanna ba dheireanaí: ní raibh rud ab fhearr le Lisa ná lán na súl a bhaint astu. Chuir sé scanradh ar Denise í a fheiceáil ag caitheamh na gcéadta euro san am. Tar éis dóibh uair an chloig a chaitheamh san áit sin ag roghnú éadaí, chuaigh an bheirt ag ól caife.

'Caithfidh mé dul abhaile anocht, a Denise,' arsa Lisa nuair a shuigh siad sna suíocháin chompordacha sa chúinne.

'An gcaithfidh, dáiríre?' arsa Denise.

'Tá faitíos orm go gcaithfidh. Tá cóisir lá breithe ag duine de na custaiméirí móra sa *bistro* san oíche amárach agus is fearr le Howard mé a bheith i láthair ag a leithéid d'ócáid.'

'Nach bhféadfá imeacht go moch maidin amárach?'

'Ní dóigh liom é. Tá míle rud le déanamh agam agus dúirt Terry go bhfuil rud tábhachtach le plé aici liom.'

'Agus cén chaoi a bhfuil sise?'

'Tá sí i bhfad níos sásta ó fuair sí an colscaradh. Rinne sé an-leas di. Ba cheart duitse comhairle a lorg.'

'Stop den chaint sin, a Lisa, le do thoil. Ní fiú é a phlé. An bhfuil Terry ag iarraidh a bheith ina mainicín arís?'

'Ní móide é. Tá sí róshean don obair sin anois. Ag smaoineamh ar ghnó beag atá sí. *Boutique* nó rud éigin mar sin. Beidh cnap breá airgid aici nuair a bheidh an teach díolta.'

'Sin an rud is fearr di. Bhuel, an bhfuil tú réidh?'

'Táim. Gabhfaimid ag ceannach bróg. Níl bróg ar bith agam a thiocfaidh leis an éadach nua seo.'

'Óra, a Lisa, tá tú go dona.'

Amach leis an mbeirt go gealgháireach i ngreim uilleann ina chéile.

Shroich siad an teach ardtráthnóna tar éis lá spraíúil a

chaitheamh. Bhí Ciarán agus Aoife ag imirt leadóige. Bhí cith ag Denise agus ag Lisa, chuir siad éadach glan orthu féin, agus shuigh siad ar an b*patio* ag breathnú ar an gcluiche.

'Tá deoch fuar anseo daoibh nuair a bheidh sibh críochnaithe,' arsa Denise os ard.

Chroith Ciarán an raicéad leo á freagairt.

'Bíonn an-easpa misnigh ar Aoife ach amháin nuair a bhíonn sí ag imirt,' arsa Denise.

'Ag imirt leadóige, an ea?'

'Leadóg nó cluiche ar bith eile. Tagann beocht agus fuinneamh inti an t-am sin.'

'Tuigeann sí chomh maith is atá sí.'

'Tuigeann, is dócha.'

Tar éis an chluiche rith Aoife aníos ón gcúirt, trasna an fhéir, agus aníos na céimeanna go dtí an *patio*. Rug sí barróg ar Lisa le fáilte.

'Seo, lig dom breathnú ort,' arsa Lisa. 'Tá tú i do bhean óg, bail ó Dhia ort. Tá an aois ag teacht orm féin, tá faitíos orm.'

Chaith siad tamall ag magadh faoin spraoi ar fad a bhíodh acu nuair a bhí Aoife ina páiste, agus ansin chuaigh siad isteach le haghaidh an dinnéir. Is gearr go raibh sé in am bóthair do Lisa.

'Go raibh míle maith agaibh. Bhí an deireadh seachtaine thar barr ar fad.'

'Is mór an trua nach bhféadfá fanacht go dtí amárach,' arsa Denise.

'Nach ea,' arsa Ciarán, 'go háirithe nuair nár ól tú deoch aréir roimh dhul a chodladh. B'fhéidir nach mbeadh tuirse ort anocht.'

'B'fhéidir, muis,' arsa Lisa, 'ach tá lá crua caite sna siopaí againn.'

'Beidh mé sa cheantar sin agaibhse faoi cheann coicíse. Buailfidh mé isteach chugaibh,' arsa Ciarán.

'Déan, agus tabhair leat Denise. Tá sé i bhfad ó chonaic muid sibh. Slán anois, agus go raibh míle maith agat, a Denise.'

'Abair le Howard go raibh muid ag cur a thuairisce. Beimid ag súil le thú a fheiceáil arís,' arsa Denise nuair a bhí an carr ar tí imeacht.

'Beidh go deimhin, a Lisa,' arsa Ciarán.

Thug sé an teach air féin agus d'fhág sé an mháthair agus an iníon ar an tsráid le beannacht a chur leis an té a bhí ag imeacht.

* * *

Nuair a tháinig Máire abhaile tar éis an dinnéir, ní raibh cúrsaí mar a shíl sí ar chor ar bith sa teach. Bhí an cúpla ag spraoi san fhéar fada sa ghairdín ar aghaidh an tí, agus bhí Sam ina luí sa phram, ina chodladh go sámh. Bhí na fuinneoga ar fad ar oscailt agus bhí na cuirtíní éadroma bainte anuas. Rinne Máire a bealach tríd an bpóirse ar chosa beaga idir an folúsghlantóir, na ceirteacha agus na cannaí céire. Thug sí léi na málaí siopadóireachta isteach sa chistin.

'Buíochas le Dia go bhfuil tú ar ais. Tá mé ag dul as mo mheabhair sa phraiseach seo.'

Bhí a máthair go huillinn sa sobal agus í ag ní na mballaí.

'Níl a fhios agam ó Dhia cén fáth ar tharraing mé an áit seo as a chéile. Tá sé i bhfad Éireann níos lofa ná a shíl mé. Ná bí i do sheasamh ansin i do staic. Tosaigh ag glanadh na seomraí.'

Rinne Máire amhlaidh agus lean an bheirt orthu go dícheallach an chuid eile den lá.

Ag leathuair tar éis a naoi, thug Máire folcadh do Sam agus don chúpla agus chuaigh an triúr a chodladh gan trioblóid ar bith tar éis an lá a chaitheamh amuigh faoin aer. Le linn an ama sin chuaigh a máthair síos an bóthar chuig an *Indian* agus thug sí léi suipéar blasta don bheirt acu. Is rí-annamh a bhíodh deis ag an máthair agus ag an iníon roinnt ama a chaitheamh i gcomhluadar a chéile.

'Caithfidh mé a rá gur chuir sé cuma ar an áit sciúradh maith a thabhairt dó, ach tá mé féin tugtha tar éis na hoibre ar fad.'

Bhí Úna Bhreatnach mar a bheadh taibhse ann, cuma bhán ar a héadan, an drochshúil imithe chun donais ar fad, a cuid gruaige gan chíoradh gan cheangal, agus lorg an ghlantacháin ar a cuid éadaigh ar fad.

'Tá cuma thuirseach ortsa agus tá mé féin leathmharaithe.'

'Cén chaoi a dtaitníonn an béile leat?'

'Thar cionn. Tú féin?'

'Iontach. Mhairfinnse ar churaí, ar ndóigh. Ní minic a ithim é mar bíonn Eddie ag casaoid faoin drochbholadh a chuireann sé ar mo chuid anála.'

'An conús brocach,' arsa Máire léi féin, agus líon a ceann le boladh toite agus pórtair.

'Meas tú, an dtiocfaidh sé ar ais?' ar sí, os ard an iarraidh seo.

'Tiocfaidh, is dócha, mar a bheadh madra strae ann. Ach má thagann, tuigeadh sé nach bhfuil rudaí mar a bhí. Ní cheadóidh mé praiseach sa teach seo níos mó agus caithfidh mé aire níos fearr a thabhairt dom féin.'

'Caithfidh sé a chuid nósanna a athrú, mar sin,' arsa Máire, 'agus gan a bheith thíos Tigh Chonaire ag caitheamh siar chomh minic agus a bhíonn.'

'Caithfidh. Agus ní bheidh sé le rá ag muintir an bhaile seo nach bhfuil ionamsa ach striapach.'

'Cé a dúirt é sin leat?'

'Cáit ansin thíos. "Cén t-iontas an íde a thugann sé duit agus tú ag imeacht le fir eile?" a deir sí. "Ní bheadh baol ar Mhicheál sin agam féin éalú le bean eile," a deir sí.'

'Céard a dúirt tusa léi?'

'Dúirt mé go bhfuil an t-ádh léi gur fhág mise Micheál aici ar chor ar bith.'

'A Mhama!' arsa Máire.

Ní fhéadfadh sí gan gáire a dhéanamh.

'Cén chaoi a raibh Mamó inniu?'

'Ceart go leor.'

'Bí cinnte go bhfuil rud le rá aicise faoi seo. Ar dhúirt tú léi é?'

'Dúirt. B'éigean dom, mar bhí sí ag fiafraí cén fáth a raibh mé ag siopadóireacht in áit a bheith ag ní.'

'Céard a dúirt sí?'

'Faitíos uirthi roimh an gcúlchaint.'

'Is dócha é. Ní faitíos a bhíonn uirthi go dtarlóidh an drochrud domsa. Ach is bean an-mhaith í, agus níor tharraing mise uirthi riamh ach trioblóid. Ach beidh athrú ar an saol uaidh seo amach. Tabhair dom do phláta agus nífidh mé anois é in áit é a fhágáil go maidin. Gabhfaidh mise suas a chodladh, murar miste leat.'

'Suas leat. Ní bheidh mé féin i bhfad.'

Chuaigh an bheirt amach as an seomra suite. Rinne Úna ar an gcistin agus thug Máire aghaidh ar an staighre.

'A Mháire.'

Bhí sí ar bharr an staighre faoin am ar chuala sí glór a máthar aníos as dorchadas an phóirse.

'Céard?

'Tá mé an-cheanúil ort, a leanbh.'

Bhí náire ar Mháire. Is annamh a labhair a máthair mar sin léi agus ní raibh a fhios aici céard ba chóir di a rá.

'Oíche mhaith,' a deir sí.

Rith sí isteach ina seomra leapa agus dhún sí an doras ina diaidh.

* * *

Bhí Diane Ní Loingsigh ina suí i dteach ósta an *Boathouse* le Greg Dillon agus a chuid cairde. Bhí lá aoibhinn caite acu ag siúlóid sna sléibhte. Tuairim agus seacht míle a shiúil siad ar fad, agus d'ith siad lón in áit chiúin cois locha a raibh dóthain áit spraoi ann don dream óg. Gasúir dheasa a bhí ina bhformhór, agus ní raibh trioblóid ar bith ag baint leo ó tharla oiread suilt le baint as an lá. Thaitin comhluadar an triúir fhásta le Diane chomh maith: Tadhg Ó Raghallaigh, cara Greg, an té a bhí i gceannas ar an gclub óige, Colin Ó Sé agus Anne Hughes, an bheirt chinnirí pháirtaimseartha. Ag obair in oifig ghníomhaireachta tithíochta sa bhaile mór a bhí Colin, agus is rúnaí a bhí in Anne sa bhunscoil. Bhreathnaigh Diane orthu ar fad, Tomás, Colin agus Anne. Is fada ó bhí oiread sin craic aici. Chuir an ceathrar eile ar a suaimhneas í agus lig siad di a bheith páirteach sa chaint mar a bheadh seanchairde ann.

'Céard a cheapfá féin, a Diane?' arsa Greg.

Thug sí faoi deara go raibh sí ag brionglóidigh.

'Tá brón orm. Céard a bhí sibh ag rá?'

'An íosfá bia Indiach?'

'D'íosfainn, cinnte. Sin bealach maith le deireadh a chur le lá chomh breá.'

'Tá go maith,' arsa Colin. 'Ní gá fanacht anseo go ham dúnta. Gheobhaimid bord deas ciúin sa chúinne sula dtagann muintir na háite isteach agus iad óltach.'

Bhí aoibh an mhagaidh ar a éadan.

'An gcloiseann sibh é sin?' arsa Anne, agus í ag magadh faoi, 'shílfeá nár ól sé féin aon deoir riamh!'

Bhí eolas ag Greg ar bhialann Indiach ar imeall an bhaile. Dúirt sé gur áit chiúin é agus go raibh an curaí ab fhearr in Éirinn le fáil ann. Nuair a bhí siad ag dul isteach tháinig beainín bheag amach agus béile aici i mála páipéir mór donn. Bhreathnaigh sí idir an dá shúil ar Diane agus scanraigh sise nuair a chonaic sí an tsúil mhór ataithe.

'Céard é féin, a Diane?' arsa Greg nuair a chas an bhean le himeacht. 'Nach bhfaca tú súil ataithe ar dhuine riamh?'

'Ní sin é. Sílim go bhfaca mé an bhean sin cheana. Ar aithin tusa í?'

'Níor chuir mé aon suim inti. Seans go bhfuil iníon léi ar scoil. Tá dóthain acu ann, na créatúir. Gabh i leith, tá an dream eile bailithe isteach.'

Bhain siad taitneamh as an mbéile agus as dea-chomhluadar a chéile agus ansin thug siad aghaidh ar an mbaile. D'fhág siad slán ag an dream eile agus ansin thug Greg Diane chomh fada lena hárasán.

'Bhuel, ar thaitin an lá leat?'

'Ó thaitin, a Greg. Go raibh míle maith agat.'

'An bhfuil tú sásta gur iarr mé ort teacht?'

'B'fhearr go mór é ná glanadh agus níochán.'

Rinne Greg gáire agus bhrúigh sé cnaipe an raidió. Bhí ceol séimh á sheinm go bog.

'Is mór an spórt iad do chuid cairde.'

'Is mór. Tá aithne agam ar Thadhg ó bhí muid ar scoil. Mar gheall airsean a chuir mé aithne ar Anne agus ar Colin. Caithfidh tú teacht amach linn arís.'

'Bheadh sé sin go deas.'

Faoi cheann fiche nóiméad sheas an carr taobh amuigh d'árasán Diane.

'D'fhéadfadh Tadhg mé a thabhairt abhaile dá gcuimhneoinn air, mar bhí sé ag dul an bealach seo,' arsa Diane.

Dúirt sí an méid sin go briotach mar ní raibh a fhios aici céard ba cheart a rá.

'Ní trioblóid ar bith é,' arsa Greg.

'. . . Agus sula n-imímid casfaimid sean-*chlassic* le hEric Clapton dóibh siúd atá i ngrá le chéile ar fud na hÉireann . . . 'Wonderful Tonight' . . .' Glór an DJ go mín, réidh anuas ar thús an amhráin.

'Sin é, mar sin.'

'Sin é.'

'Feicfidh mé Dé Luain thú, a Greg, agus go raibh míle maith agat arís.'

'Ná habair é. Slán anois.'

'Slán.'

Thug sí sracfhéachaint amháin air agus amach léi as an gcarr. Bhreathnaigh Greg uirthi ag dul suas na céimeanna agus isteach san árasán. Chas sé an carr agus thug sé an bóthar abhaile air féin.

Caibidil 3

Dhún an doras de phlimp. Chaith Aoife an scuab ghruaige ar an mbord faoin scáthán agus rith sí go dtí an fhuinneog. Chonaic sí a hathair ag siúl go rábach chuig an gcarr. Thiomáin sé leis agus na boinn ag screadach faoi. An oíche roimhe sin agus í ag brionglóidigh, shíl sí gur chuala sí daoine ag béicíl ar a chéile. Chuaigh sí ar ais chuig an scáthán agus rug sí ar an scuab. Bhreathnaigh sí uirthi féin le súile liatha gan bhrí. Leag sí uaithi an scuab arís. Ba chuma céard a déarfadh na hirisí ban, dá mbeadh sí ag scuabadh a cuid gruaige go brách, ní bheadh slacht ar bith uirthi. Tharraing sí go mífhoighneach ar an bhfolt a bhí chomh donn le fionnadh luiche.

Shín sí siar ar a leaba. Dhún sí na súile agus shamhlaigh sí í féin ag siúl go mórchúiseach síos an staighre. Gruaig ar dhath an óir bhuí uirthi agus súile a bhí thar a bheith gorm. A srón mar ba mhian léi, a liopaí dearg agus iad líonta. Luisne ina grua. Na daoine faoi dhraíocht agus faoi iontas nuair a chonaic siad chomh hábalta agus a bhí sí, ba chuma céard a dhéanfadh sí. D'oscail sí na súile agus chuir sí dhá fhiacail sa liopa uachtair ar fhaitíos na ndeor: thuig sí gur tuairim eile ar fad a bhí ag daoine di. Dá mba í Lisa a

41

máthair, scéal eile a bheadh ann, bhí sí cinnte de sin. D'éirigh sí den leaba agus síos léi go dtí an chistin i gcomhair an bhricfeasta.

Bhí a máthair ina suí ag an mbord ag ól tae. Chuala sí Nan agus an folúsghlantóir áit éigin sa teach.

'Cén chaoi a bhfuil tú? Tá do Dhaidí imithe.'

'Tá a fhios agam. Chuala mé é.'

Bhí fonn uirthi an milleán a chur ar a máthair. Bhí náire ar Denise.

'An bhfuil mórán ag tarlú ar scoil inniu?'

'Lá deiridh na scrúduithe. Gearmáinis ar maidin. Ranganna tráthnóna.'

'Brostaigh ort, mar sin, nó beimid mall.'

Bhí Aoife ag freastal ar scoil phríobháideach ar imeall an bhaile. Is scoil chónaithe a bhí ann, ach níorbh fhiú dise cónaí ann mar gheall go raibh an teach in aice láimhe. Is minic a bhraith sí go raibh sí ar an taobh amuigh dá bharr sin. Bhí na cailíní eile cairdiúil go maith, ach shíl siad gur dhuine ar leith ise. Is beag fáilte a bhí roimpi dá mbeadh sioscadh ann faoi imeachtaí áirithe, cuairt na mbuachaillí ón scoil eile síos an bóthar, cuir i gcás. Chas Aoife leis na leads, ach bhí easpa misnigh agus cúthaileacht uirthi ina measc. Dalta lae ab ea Helen freisin. Sin fáth amháin ar tharla cairdeas eatarthu i dtús ama. Faoin am seo, is anamchairde a bhí iontu, agus d'fhanaidís i leataobh ón slua.

'An bhfuil tú réidh? Tá sé in am imeacht.'

'Ceart go leor. Gheobhaidh mé mo chulaithsnámha thuas staighre. Beimid ag traenáil anocht.'

'Tá go maith.'

Ní dúirt Aoife focal lena máthair le linn an bhricfeasta ach í ag breathnú uaithi go marbhánta. Shíl Denise go raibh cuid den troid cloiste aici idir í féin agus Ciarán. Shíl sí go raibh sí ag cur an mhilleáin uirthi féin arís. Ní raibh a fhios ag Denise cé mar ab fhéidir labhairt ar an scéal, agus d'fhan sise ina tost chomh maith.

Turas ceathrú uaire an chloig a bhí ann ón teach go dtí an scoil. Bhí Aoife beagán neirbhíseach mar gheall ar an scrúdú, agus bheadh sí buíoch dá ndéarfadh a máthair cúpla focal lena cur ar a suaimhneas. Chuaigh siad thar an scoil chomhoideachais ar an mbealach. Bhí éad ar Aoife agus í ag breathnú ar na daltaí sin. Is iad an dream céanna mórán a d'fheicidís gach lá, mar théidís an bealach mórán an t-am céanna. Thug Aoife cailín amháin faoi deara, go háirithe. Cailín ard a bhí inti, agus mullach mór gruaige rua chomh breá lena bhfaca sí riamh. Gruaig rua, í fada flúirseach, síos go dtí na guaillí agus orlach nó dhó fúthu. An dara cineál rua ann freisin mar a bheadh snátha óir.

'Céad faraor nach bhfuil gruaig mar sin ormsa', arsa Aoife léi féin. Ní raibh éadan an chailín le feiceáil i gceart ach bhí an chuma uirthi gur chailín an-dathúil í. Bhíodh dream leads agus cailíní ina timpeall i gcónaí agus ba léir go raibh an-chraic acu le chéile.

Sheas a máthair ag geata na scoile.

'Go n-éirí an scrúdú leat.'

'Go raibh maith agat,' arsa sise go briosc. 'Tabharfaidh máthair Helen abhaile mé.'

'Ceart go leor. Ní bheimid ag ithe go dtí a sé, ar aon nós.'

D'fhág an BMW ina seasamh ar an gcosán í. D'airigh sí go raibh rud tábhachtach fós le rá aici, ach bhí an deis imithe.

De réir mar a bhí sí ag tiomáint, d'airigh Denise fearg agus cantal ag teacht uirthi féin, ach ní raibh sí cinnte céard ba chúis leis sin. Bhí fearg uirthi le hAoife mar gheall go raibh sí chomh tostach sin. Bhí fearg uirthi léi féin mar gheall nár fhéad sí sólás a thabhairt di, ach thar aon ní eile, bhí fearg uirthi le Ciarán. Bhí sé ina throid eatarthu le seachtain. Is é an rud céanna ba chúis leis an troid. Bhí comhlacht tithíochta Ó Dónaill agus Mac Aodha ag iarraidh gnó a thosú ar an mór-roinn. Is ardú croí di a bhí sa mhéid sin, agus mhol sí dó ise a thabhairt ann le haghaidh saoire gréine.

'Ach ní maith leatsa an ghrian, a Denise,' a dúirt sé. 'Bíonn teas millteanach ann sa Spáinn an t-am seo bliana.'

'Beidh *siesta* againn tráthnóna nuair a bheidh sé ina theas mór, agus bí cinnte go mbeidh foscadh le fáil in áit éigin.'

'Ní hea, a Denise, turas gnó a bheidh anseo. Beidh orm féin agus ar Colin bualadh le go leor daoine. Ní fhéadfaidh mé a bheith ag ealaín leatsa ar feadh an lae.'

'Siúlfaidh mé an áit mé féin. Agus b'fhéidir gur mhaith le hAoife teacht.'

'Go bhfóire Dia orainn. An bheirt agaibh. Ní hea, a Denise, uair éigin eile, b'fhéidir. Turas gnó a bheidh anseo. Féadfaidh tusa agus Aoife imeacht libh nuair a bheidh saoire ann ón scoil. Tabharfaidh mé irisí saoire abhaile chugat anocht.'

'Shíl mise go mbeadh saoire ag an triúr againn in éineacht i mbliana.'

'Fear gnó mise, a Denise, ní feirmeoir saibhir cosúil le d'athair agus gan imní faoin spéir orm. Ná cloisim focal eile faoi seo arís.'

Bhreathnaigh sé uirthi amhail agus dá mba dhlí nua a bhí fógartha aige. Bhain sé preab as an doras agus amach leis.

Níor tháinig sé abhaile an oíche sin. Ghlaoigh sé thart ar leathuair tar éis a ceathair. Dúirt sé go bhfuair sé deis gan choinne breathnú ar theach i gceantar Lisa agus Howard agus gur bhuail sé isteach chucu. Ó tharla tuirse air agus bóthar fada roimhe abhaile, d'iarr an bheirt air fanacht go maidin agus ghéill sé dóibh. Bhris na deora faoi shúile Denise nuair a chuaigh sí isteach sa seomra leapa. Bhí an vardrús ar oscailt, an mála taistil imithe, agus gan feiceáil ar a chuid *pyjamas* ná ar a chuid rudaí sa seomra folctha. Ghlaoigh Lisa lá arna mhárach agus plean Chiaráin á mholadh go hard aici.

'Is iontach an plean é, a Denise. Is beag nár bhain sé gealltanas dínne scaireanna a cheannach i *villa*.'

'Seanchleas ag Ciarán gealltanas a bhaint as daoine.'

Níor thug Lisa aird ar bith ar an ngangaid a bhí ina glór.

'Agus tá mise do mo mhealladh ann aige leis an áit a fheiceáil.'

Is beag nár cailleadh Denise.

'Murar féidir le Howard dul ann, b'fhéidir go ngabhfainn féin ann. Dúirt mé cheana nach bhfuair mé mo dhóthain le seachtain sa Ghréig. Is trua nach bhféadfá féin agus Aoife teacht. Deir Ciarán nach bhfuil d'athair ar fónamh.'

Chuir Denise stop leis an mbladar.

'Tá duine de na fir ag iarraidh labhairt liom faoin linn snámha. Labhróidh mé leat arís. Slán go fóill.'

'Slán, a Denise. Bí cinnte agus abair le Ciarán go mbeidh mé ag smaoineamh air sin.'

Ní raibh a fhios ag Denise cá fhad a bhí sí ina suí in aice leis an bhfón. Agus murach gur bhraith sí an fuacht san áit a raibh a leicne fliuchta, ní bheadh a fhios aici go raibh sí ag caoineadh.

Bhain Denise croitheadh as a ceann le pian na cuimhne a ruaigeadh. Is gearr go mbeadh sí sa bhaile, ach ní raibh fonn uirthi an carr a chasadh suas abhaile fós. Ní raibh tada le déanamh aici sa bhaile, ar aon nós. Ba mhaith léi dul i bhfad ó bhaile le hiarracht a dhéanamh ord a chur ar a cuid smaointe. Bhí plean aici. Cuan Sáile. Ní raibh sé ach dhá scór míle ó bhaile. Sa BMW bheadh sí ann gan mhoill. Las a súile nuair a smaoinigh sí ar an áit a raibh oiread grá aici dó. Is dócha gur beag duine a bheadh ann, mar ní trá ghainimh a bhí ann a mheallfadh na sluaite. Pé scéal é, cé go raibh an aimsir go breá, ní lá bolg le gréin a bhí ann. Chas sí ar dheis ag an gcrosbhóthar agus gheit a croí le háthas. Bhí sí mar a bheadh páiste ar thuras scoile agus b'fhada léi go mbeadh sí ann.

*   *   *

Ag siúl ar scoil in éineacht le chéile a bhí Máire agus Caitríona. Chas siad le tuilleadh de na daltaí, agus faoin am ar shroich siad geata na scoile bhí slua mór acu ann. Bhí Máire an-sásta le cúrsaí na laethanta seo. Bhí na scrúduithe thart le dhá lá agus bhí deis faighte aici a cuid staidéir a dhéanamh den chéad uair leis na blianta. Bhí Eddie imithe le trí seachtaine agus ní raibh aon chosúlacht air go mbeadh sé ar ais. Ní raibh fágtha ach coicís scoile agus bhí spraoi dheireadh an téarma faoi lán seoil.

'A dhiabhail, an bhfeiceann sibh an carr sin, a leads?' arsa Rob nuair a chuaigh BMW dearg an bealach. 'Ceann mar sin a bheidh agam féin lá breá éigin.'

Rinne siad ar fad gáire.

'Feicim í sin gach lá,' arsa Aodh. 'Iníon le boc mór éigin ag dul chuig scoil na *snobs*. Sin é ba mhaith leatsa, an ea, a Rob? Carr mór millteach agus do chuid gasúr ag dul chuig scoil na *snobs*.'

Sin mar a bhíodh na leads ag sacadh. Isteach leo trí gheata na scoile go glórach. Meandar amháin a chonaic Máire an cailín a bhí ina suí chun tosaigh sa charr. B'ait léi an chuma bhrónach a bhí uirthi.

Chuaigh Máire agus Caitríona díreach chuig seomra na gcótaí lena gcuid gruaige a réiteach agus píosa cainte a dhéanamh roimh an gcéad rang.

'Coicís eile, buíochas le Dia,' arsa Caitríona. 'Ach ní dócha go bhfuil tú féin róshásta faoi na laethanta saoire fada a bheidh againn.'

'Céard atá i gceist agat?'

'Bhuel, ní fheicfidh tú *lover-boy* ar feadh an tsamhraidh.'

'Cé hé seo?'

'Ná bí ag ligean ort, a Mháire. Greg Dillon. Cé eile?'

'Bíodh ciall agat.'

'Tá a fhios agam go bhfuil tú craiceáilte ina dhiaidh. Bíonn loinnir aisteach i do shúile nuair a bhíonn seisean thart.'

'Sin buinneach.'

'Ní hé, muis. Nár dhúirt tú féin go mbíonn sé ag faire ort?'

'Ní raibh mé ach ag magadh.'

'Seachain thú féin, sin é a deirimse leat. Seachain thú féin.'

'Cad chuige?'

'Bhuel, bhí Deirdre agus Nuala ag siúlóid leis an gclub óige agus cé a bhí in éineacht leo ach é féin agus í féin.'

'A Chaitríona, níl a fhios agam beo céard atá tú á rá. Cé hé féin agus í féin ar aon chaoi?'

'Greg Dillon agus Diane Ní Loingsigh.'

Baineadh stangadh as Máire. Ghlan sí a scornach ar fhaitíos go gclisfeadh a glór uirthi.

'Ag cumadh a bhí siad. Ar mhaithe le haird a tharraingt orthu féin.'

'Ní shílim é, dáiríre. Tá sé féin mór leis an lead atá i gceannas. Thug sé í féin amach in éineacht leis. D'fhan sí in aice leis ar feadh an lae, a dúirt Deirdre. Bhí siad ag gáire le chéile agus ag caint an t-am ar fad.'

'Níor cheart duitse éisteacht leo sin. Agus níor cheart duit scéalta a scaipeadh nó beidh an Príomhoide ag iarraidh thú a fheiceáil.'

'Níor dhúirt mé le duine ar bith é ach leatsa.'

'Dún do chlab, mar sin,' arsa Máire go borb, 'agus gabh i leith uait. Tá an clog ag bualadh. Níl mé ag iarraidh a bheith i dtrioblóid mar gheall ar do chuid seafóide.'

Lean Caitríona a cara isteach sa rang. Níor thuig sí go rómhaith céard a bhí ráite aici a chuir olc uirthi.

Ní raibh gíog as Máire an chuid eile den lá. D'éirigh Caitríona tuirseach den chluiche sin. Ba chuma céard a dhéanadh Caitríona, bhíodh pus ar Mháire. Sa deireadh rinne Caitríona neamhaird di agus chuaigh sí ag spraoi leis na cailíní eile. Is beag obair a bhí ar siúl sa rang na laethanta sin. Bhí na múinteoirí róghnóthach ag ceartú páipéar scrúdaithe. Mata an rang deiridh a bhí acu roimh lón agus dúirt Greg Dillon leo leanúint ag léamh nó rud eile a dhéanamh go ciúin mar gheall go raibh go leor obair mharcála le déanamh aige féin. Chaith Máire tamall fada ag breathnú go géar air. Ní fhaca sí duine riamh chomh dathúil leis an múinteoir óg seo seachas cuid de na réaltaí teilifíse. Thaitin a chúl catach gruaige léi agus ba mhaith léi na libíní fada a chasadh faoina méar. Chonaic sí an cruth a bhí ar a bhéal nuair a d'ardaigh sé a cheann agus cuma smaointeach sna súile gorma de réir mar a bhí sé ag machnamh ar na freagraí a bhí ar na páipéir

48

os a chomhair. Ní raibh airde mhór ann ach bhí sé níos airde ná ise, ar ndóigh. Gan a bheith ró-ard. Shamhlaigh sí go raibh a dá lámh timpeall ar a mhuineál. Í ag ardú a cinn le blaiseadh de phóg mhilis a bhéil.

'A Mháire, nach bhfuil tada le déanamh agat?'

Gheit sí nuair a chuala sí a ghlór. Scaipeadh a cuid smaointe agus las a héadan.

'Bhí mé ag cuimhneamh ar rud éigin.'

'Faigh rud éigin le déanamh duit féin go beo nó iarrfaidh mise ort aiste fhada a scríobh ag cur síos ar do chuid smaointe.'

Bhí éadan Mháire dearg ar fad faoin am seo agus thosaigh sí ag útamáil ina mála ag iarraidh leabhar a léamh. Chonaic sí Caitríona ag sméideadh uirthi agus ag gáire amhail is dá mbeadh a fhios aici go díreach cé na smaointe a bhí ina ceann. Ní raibh sí ag iarraidh go mbeadh Caitríona ag magadh faoi na mothúcháin a bhí aici do Greg Dillon.

Bíodh is go raibh an-spleodar i Máire, ní raibh sí amuigh riamh ach le lead nó dhó, agus is sa dioscó scoile a chas sí leo sin. Thug lead amháin amach í ar mhaithe le haer úr, ach nuair a bhí siad ar chúl na scoile, d'fháisc sé in aghaidh an bhalla í, phóg sé go fiáin í agus chuaigh sé ag crúbáil faoina geansaí. Meabhraíodh Eddie di an nóiméad sin, an conús bréan, agus bhrúigh sí an lead uaithi go láidir. Bhrostaigh sí ar ais chuig an halla lena cóta a fháil, agus rith sí an bealach ar fad abhaile.

Uair eile lig sí do lead í a thabhairt chuig scannán, lead a raibh sí ag damhsa leis ag dioscó eile an tseachtain roimhe sin. Ní dhearna sé tada as bealach sa dioscó ná nuair a bhí sé á tabhairt abhaile. Tuairim is leath bealaigh tríd an scannán, phóg sé go milis í, agus bhain sé fáscadh aisti. Shíl Máire cinnte go raibh sí ag titim i ngrá, ach ansin d'airigh sí é ag útamáil faoina sciorta, teas agus allas a chuid méar os cionn a glúine. D'éirigh sí de léim agus d'fhág sí mo dhuine ina staic. Dúirt sí léi féin an oíche sin nach mbacfadh sí go brách arís le leads páistiúla dá haois féin. B'fhearr léi fanacht ar dhuine níos sine, duine níos aibí. Sin é an t-am ar ceapadh Greg Dillon ina mhúinteoir mata sa scoil.

Bhuail an clog agus chuaigh sí díreach chuig deasc an mhúinteora. Sheas sí ann cúpla nóiméad fad is a bhí na cailíní eile ag brostú amach.

'Bhuel, a Mháire?'

'Bhí rud amháin ann nár thuig mé ar chor ar bith ar an bpáipéar scrúdaithe.'

'Gabhfaidh mé tríd an bpáipéar nuair a bheidh an mharcáil seo críochnaithe agam. Amárach, is dócha. Tá mé beagnach críochnaithe.'

'Seans nach mbeidh mé istigh amárach.'

'Cén fáth?'

Ní dúirt sí tada ach breathnú idir an dá shúil air.

'Tá go maith, mar sin. Suigh síos. Céard nár thuig tú?'

Chuir Máire an páipéar ar an deasc agus tharraing sí an chathaoir anall in aice le Greg Dillon. Bhí a glúin buailte lena cheathrú.

'É seo,' arsa sise.

Chrom sé thar an bpáipéar. Bhí a héadan gar dá éadan féin agus a cuid gruaige spréite thar a lámh.

Ghlan Greg Dillon a scornach agus thosaigh sé ag míniú na faidhbe. Is gearr gur shuigh Máire aniar sa chathaoir. Bhreathnaigh sí idir an dá shúil arís air agus dúirt sí:

'Dúirt Deirdre agus Nuala go bhfaca siad thú ar shiúlóid leis an gclub óige.'

'Is dócha go bhfaca. Sin trí seachtaine ó shin.'

'Dúirt siad go raibh Iníon Uí Loingsigh ann freisin.'

'Bhí. Bhí an-lá againn.'

Rinneadh leac de chroí Mháire arís. Bhí fonn uirthi tosú ag caoineadh.

'Cén fáth nach bhfuil tú féin sa chlub, a Mháire?'

'Ní maith liom rudaí páistiúla ar an gcaoi sin.'

'Tá mé cinnte go dtaitneodh sé go mór leat.'

'Níl an t-am agam. Ar aon nós, is fearr liom dul chuig scannáin agus dioscónna agus castáil le leads agus rudaí mar sin.'

'Tá go leor leads sa chlub.'

'Tá siad ró-óg. Níl iontu ach gasúir.'

Chroch Greg Dillon na malaí agus bhí aiféala ar Mháire gur sciorr an bhréag sin uaithi, ach bhí sí ag iarraidh cuma na haoise agus na haibíochta a chur uirthi féin i láthair an mhúinteora.

'Caithfidh mise lón a ithe. Go raibh maith agat.'

'Ach níor mhínigh mé an cheist seo duit fós, a Mháire.'

'Tuigim anois í, dáiríre. Tuigim go maith.'

Rith sí amach as an rang. Bhuail sí in aghaidh Diane Ní Loingsigh sa doras. Níor stop sí le leithscéal a ghabháil. Sheas an múinteoir ag breathnú ina diaidh le teann iontais.

Chuaigh Diane isteach sa rang chuig Greg.

'Céard a bhí uirthi sin?'

'Níl a fhios agam. Cad chuige?'

'Rith sí amach as an rang. Is beag nár leag sí mé. Níor ghabh sí leithscéal ar bith liom.'

'D'iarr sí orm ceist a mhíniú di. Is ait an ceann í. Bíonn sí ag ligean uirthi go bhfuil sí fásta agus an-tuiscint aici ar an saol. Ach is léir nach bhfuil ann ach cur i gcéill. Níl inti ach ruidín saonta, dáiríre.'

'B'fhéidir é. Ach chaithfeá a rá go bhfuil sí an-dathúil ar fad. Is bean óg í le hais cailíní eile dá haois féin.'

'Is ea. An bhfuil a fhios agat céard a bhí uaithi? D'fhiafraigh sí an raibh mise agus tusa ar an tsiúlóid sin leis an gclub óige. Bhí beirt ón scoil seo amuigh an lá sin agus d'inis siad an scéal don dream eile.'

'An ndúirt tú léi go raibh?'

'Dúirt. Cén mhaith bréag a insint?'

'Sin é, mar sin.'

'Céard?'

'Tá sí ag iarraidh dul amach leat.'

'Bíodh ciall agat.'

Bhí náire ar Greg. Níor mhaith leis fios a bheith ag Diane gur rith an méid sin leis cheana. Níor mhaith leis go dtuigfeadh sí chomh meallta is a bhí sé ag Máire Bhreatnach. Chonaic Diane an náire a bhí air.

'Bí cúramach, a Greg,' ar sise go sollúnta. 'Bí an-chúramach ar fad.'

Rinne Greg gáire leis an teannas a bhaint as an gcomhrá.

'Ach gabh i leith. An dtiocfaidh tú amach anocht? Táimid ag dul chuig an *pizzeria* nua ar an mbaile agus beidh cúpla deoch againn ina dhiaidh sin.'

'Ceart go leor. Cén t-am, mar sin?'

'Baileoidh mé thú thart ar a seacht.'

'Féadfaidh mise an bus a fháil má tá sé níos éasca.'

'Ná bac leis an mbus. Bí réidh ag a seacht.'

'Ceart go leor. Seo. Íosfaimid lón. Níl uaimse ach ceapaire inniu.'

'Sin a bhfuil uaimse freisin. Chuala mé go bhfuil na *pizzas* mór millteach san áit nua sin. Níor cheart an goile a líonadh roimh ré.'

Amach leo as an seomra ranga go gealgháireach. Bhí siad ag comhrá leo go meidhreach ar an mbealach síos an pasáiste. Ní fhaca ceachtar acu Máire Bhreatnach ina suí i seomra na gcótaí nuair a chuaigh siad an bealach.

*   *   *

Nuair a shroich Denise Cuan Sáile, shuigh sí tamall ar an aill os cionn na farraige sular thug sí an cosán casta uirthi féin síos go cladach. Ní raibh deoraí san áit. Níorbh iontas ar bith é sin, mar ní raibh sé ach leathuair tar éis a deich ar maidin. Stop sí i gceann de na sráidbhailte ar an mbealach le leabhar, spéaclaí gréine agus greim lóin a cheannach. Bhreathnaigh sí amach ar an bhfarraige. Mhairfeadh sí ag breathnú ar an radharc sin.

Cuan réasúnta beag a bhí ann agus foscadh na haille mórthimpeall air. Bhí cosán déanta síos ann ag trácht na gcuairteoirí le himeacht na mblianta, daoine cosúil léi féin a tháinig ann ó am go chéile ag súil le tamall suaimhnis. Bhí oibriú farraige anseo i gcónaí, na tonnta ag síorlascadh na haille agus ag trá arís ionas go mbuailfidís a chéile de phlimp i lár báire. Déarfadh daoine gur drocháit a bhí ann le snámh mar gheall go raibh fána leis an trá. Bháfaí duine go héasca ann nuair a bheadh an taoide ag trá.

Bhí féar glas ag fás ar bharr na haille, áit a raibh Denise ina suí agus páirceanna torthúla sínte lena cúl. Bhí cnuasach bláthanna ag fás thall is abhus ar éadan na haille. Dar le cuid de na saineolaithe gur beag áit eile in Éirinn a raibh a leithéid le fáil.

Is beag gaineamh a bhí ar an trá, go mór mór dá mbeadh an taoide ard. B'fhearr le Denise ar an gcaoi sin é, nó bheadh an áit dubh le turasóirí sa samhradh. Thóg sí a ceann leis an ngrian. Chuir brothall na gaoithe ar a héadan aoibhneas uirthi agus d'imigh imní an tsaoil di ar fad. Rinne sí rud beag léitheoireachta agus ansin shíl sí go siúlfadh sí ar feadh na haille go dtí an gob talún ab fhaide i bhfarraige. Bhain sí di na bróga agus shiúil sí cosnocht ar an bhféar. D'airigh sí na tráithníní féir idir ladhracha a cos agus shiúil sí léi mar sin ar feadh i bhfad agus gan cúram faoin spéir uirthi.

Nuair a tháinig sí ar ais chuig an gcarr bhí iontas uirthi go raibh sé in am lóin. D'ith sí ceapaire feola agus roinnt torthaí. Shuigh sí síos ansin agus a droim le doras an chairr. Dhún sí na súile. Nár bhreá an saol é! Suaimhneas agus aoibhneas in áit gan imní. Céad faraor nach mbíodh cúrsaí mar sin gach lá. D'airigh sí an óige inti féin arís amhail is dá mbeadh a cuid trioblóidí ar fad glanta ag gaoth agus ag farraige.

Shocraigh sí go siúlfadh sí síos chuig an gcladach. Ní raibh deoraí san áit ach chuir sí glas ar an gcarr agus chuir sí an eochair i bpóca a sciorta cadáis ar fhaitíos na bhfaitíos. A leithéid de spraoi a bheadh ann dá nglaofadh sí ar Chiarán le rá gur goideadh an BMW! Shiúil sí go cúramach síos an cosán. Níorbh iad na cuaráin ab fhearr chun siúil, ach b'fhearr léi gan iad a bhaint di ar fhaitíos go ngearrfadh sí a cos ar cheann de na clocha beaga géara a bhí ag gobadh aníos tríd an talamh thall agus abhus. Shroich sí bun na haille gan stró. Chaith sí di na cuaráin agus shiúil sí léi ó charraig go carraig. Ghortaigh siad an craiceann bog agus bhí sí sásta nuair a tháinig sí chomh fada leis an duirling, cé nach raibh sé an-éasca siúl uirthi sin ach oiread.

Shiúil sí léi ar feadh tamaill ag breathnú amach ar an bhfarraige agus bhí aiféala uirthi nár thug sí léi a culaith snámha. Ní snámh a dhéanadh sí dáiríre ach í féin a thumadh san uisce in aice leis an trá agus ligean do na tonnta í a ghlanadh ó bhonn go baithis agus gach rian den tuirse a scuabadh leo. Ní raibh duine ar bith san áit, ar aon nós. Nár chuma? Leag sí uaithi na cuaráin, an sciorta agus an blús. Rinne sí gáire. Ba chuma a cuid fo-éadaí a fhliuchadh. Bhainfeadh sí di iad sa charr agus chuirfeadh sí uirthi an sciorta agus an blús arís le dul abhaile. Is beag meas a bheadh ag Ciarán agus ag na comharsana ar an obair seo. Bean Uí Dhónaill anuas ó Ros Ard, í ag snámh san fharraige agus gan uirthi ach an drár. Rinne sí gáire agus shiúil sí amach.

Bhí sé fuar i dtosach agus baineadh an anáil aisti ach níor chas sí ar ais. Bhí sí go glúin san uisce. D'fhan sí ansin ar feadh nóiméid le cleachtadh a fháil ar an bhfuacht. Ba bhreá léi siúl amach nó go mbeadh an t-uisce faoina cíoch agus tumadh síos faoin bhfarraige mhór ansin. Bhí sé seo go hálainn: na tonnta á bualadh os cionn na nglún. Bhí sí go tóin san uisce ansin agus bhuail taom iontach í. Amach tuilleadh agus an t-uisce go bolg uirthi anois. Tonn mhór anuas uirthi ionas gur beag nár leagadh í. Bhí sí fliuch báite. Chuaigh buille amú ar a croí. Cúpla slat eile agus chuirfeadh sí a ceann síos.

Ní fhaca sí an lead, agus níor chuala sí ach oiread é nó gur éirigh sé aníos sa taoide lena taobh.

'An bhfuil tú ceart go leor?'

Chonaic sí an faitíos ina shúile agus bhí fearg uirthi nuair a thuig sí an rud a bhí i gceist aige.

'Níl mé ag dul ag giorrú liom féin,' arsa sí go borb.

'Ní raibh uaim ach a bheith cinnte go raibh tú ceart go leor.'

Tháinig spréachadh ina súile nuair a chuala sí an chaint bhreá sin.

'Tá cead agam dul ag snámh bealach ar bith a dtograím é.'

'Tá brón orm.'

Chas sé uaithi i dtreo na trá. Bhreathnaigh sise air ag imeacht. Ní raibh ann ach lead óg. I bhfad níos óige ná ise. Bhí sé ard go maith, gruaig fhionn air agus súile gorma. Thum Denise í féin san uisce agus rinne sí beagán snámha. Ach bhí an mhaith bainte as. Chas sí i dtreo na trá. Bhí an lead óg ina shuí ar an trá ag triomú a ghuaillí le tuáille ildaite. Bhí a fhios ag Denise go raibh a géaga le feiceáil faoin bhfo-éadach fliuch ach ní raibh neart ar bith air sin. Chuaigh sí chomh fada leis agus sheas sí os a chomhair, ionas go raibh a scáth anuas air.

'Tá brón orm.'

Bhreathnaigh sé uirthi.

'Tá brón orm go raibh mé chomh holc sin leat. Bhí mé ag brionglóidigh dom féin agus bhain tú geit asam.'

'Chonaic mé do chuid éadaigh. Bhí tú ag siúl go mall amach san fharraige. Ní hé sin a dhéanann daoine a bhíonn ag dul ag snámh.'

'Sin rud a dhéanaim ó bhí mé i mo pháiste.'

Shuigh sí lena thaobh. Bhí an gaineamh bog ag sú a cos de réir mar a bhí cúr na farraige ag tuile agus ag trá. Tuile agus trá. Tuile agus trá.

'Mise Tadhg.'

'Denise. Níor shíl mé go mbeadh duine ar bith anseo.'

'Ná mise.'

Thosaigh Denise ag creathadh de réir mar a bhí an ghaoth á triomú. Chaith an lead an tuáille thar a guaillí.

'Triomaigh thú féin.'

Rinne sí amhlaidh. Thriomaigh sí í féin go bog. D'fháisc sí an t-éadach ildaite anuas ar a cuid gruaige.

'Tagaimse anseo go minic nuair a bhíonn lá saoire agam,' arsa Tadhg.

'Ní raibh mise anseo leis na blianta,' arsa sise.

'Cén fáth ar tháinig tú inniu?'

'Bhí mé ag iarraidh an saol ar fad a fhágáil i mo dhiaidh ar feadh cúpla uair an chloig.'

Chuir sé iontas uirthi chomh héasca agus a bhí sí ag freagairt a chuid ceisteanna. Bhí náire ar Thadhg.

'Ní raibh sé i gceist agam cur isteach ort.'

'Is cuma. Tá sé ceart go leor. Ní raibh a fhios agatsa nach raibh mé i gcruachás.'

'Ach nach raibh?'

Bhreathnaigh sí air gan focal a rá. D'éirigh sí ina seasamh.

'Caithfidh mé imeacht. Go raibh maith agat as an tuáille.'

'Coinnigh é ar fhaitíos an tslaghdáin.'

'Ní choinneoidh.'

'Déan. Tabharfaidh tú ar ais dom arís é. Tá mé ag obair sa chlub óige sa bhaile mór.'

'Níl sé uaim. Ní bheidh mé i bhfad ag siúl chuig an gcarr. Gléasfaidh mé mé féin ansin.'

'An bhfuil tú cinnte?'

'Táim. Go raibh maith agat.'

Sheas sí ag breathnú air ar feadh nóiméid.

'Bhuel, slán, mar sin. Agus go raibh maith agat.'

'Slán. Agus tá brón orm faoi sin.'

'Déan dearmad air.'

'Más féidir liom,' arsa seisean, agus chuir sé na súile tríthi.

Shiúil sí léi go tapa. Rug sí ar a cuid éadaigh agus rinne

sí a bealach go haimhréidh thar an gcosán carrach. Bhreathnaigh Tadhg uirthi ag éalú uaidh, a géaga chomh tanaí le géaga páiste. Is cinnte go raibh sí blianta móra níos sine ná é, ach má bhí féin bhí saontacht éigin ag roinnt léi. Chas sé ag breathnú ar an bhfarraige arís, ach bhí mothúchán nár aithin sé ina chroí.

Bhí Denise i ndeireadh na feide nuair a shroich sí an carr. Ghléas sí í féin go tapa agus nuair a bhreathnaigh sí síos ar an trá bhí Tadhg fós ina shuí ann. Chaith sí an t-éadach fliuch sa bhút agus bhain sí torann as an gcarr ag imeacht. Nuair a shroich sí Ros Ard ní raibh cuimhne ar bith aici ar an turas fada abhaile ach ar éadan óg an lead sin ag rince os comhair a súl.

* * *

Thiomáin Ciarán go tapa chuig an obair. Bhí an MR2 cosúil le fáinleog agus é á stiúradh. Bhí sé tinn tuirseach de chlamhsán Denise. Is é an seanphort céanna a bhí aici i gcónaí. Turas gnó a bhí i gceist leis seo ó thús le briseadh beag ó am go chéile le scíth a ligean. Bheadh súil ag Denise go mbeadh sé lena taobh i rith an ama agus chaithfeadh sé éisteacht lena comhrá leamh agus lena cuid síorchasaoide. Ach b'fhéidir go mbeadh athrú ar an bplean anois. 'Rud maith,' arsa seisean leis féin go sásta. Níor shíl sé ar chor ar bith go mbeadh oiread spéise ag Howard agus ag Lisa sa tionscadal. Agus maidir le cuireadh a thabhairt do Lisa chun na Spáinne, nár smaoineamh iontach é sin! Ní raibh sí sásta cluas a thabhairt dó i dtosach. Níor mhaith léi cur isteach ar Denise. D'éirigh leis í a mhealladh le béal binn. Dúirt sé gur chuir sé brú mór ar a bhean chéile teacht in éineacht leis, rud nárbh fhéidir, mar ní raibh an tsláinte go

rómhaith ag a hathair. Bhí a fhios aige nach mbréagnódh
Denise é ar fhaitíos go ndéanfadh sí óinseach di féin.
Mheabhraigh sé dóibh gur turas gnó a bheadh ann agus go
mbeadh Colin agus an rúnaí in éineacht leo chomh maith. Mar
gheall ar an mbrú a chuir sé féin agus Howard ar Lisa, dúirt sí
go smaoineodh sí ar an scéal.

Bhí sé ag teip ar Chiarán Lisa a chur amach as a cheann le
tamall. Bhí aithne aige uirthi le cúig bliana déag agus shíl sé
riamh gur bhean mhealltach í. Ach le deireanas bhí athrú
éigin ar chúrsaí eatarthu. Meas tú, an raibh sí níos spraíúla
leis ná mar a bhíodh? Meas tú, an raibh sí ag suirí leis? Ba
dheacair a rá. Ach má bhí, cén fáth ar thosaigh sí ar an
gcluiche sin tar éis oiread sin blianta? Pé scéal é, bhí ag éirí
léi é a mhúscailt. Thuig sé go dtabharfadh sé rud ar bith le
tuilleadh a fháil uaithi ach thuig sé freisin nárbh ionann an
grá a thabharfadh sé do Lisa agus an grá a thug sé do na mná
ar fad a ghéill dá chuid mianta. Bhí sé ina bhuachaill óg arís,
é líonta le dúil chráite inti, ach bhí faitíos éigin ar a chroí nár
aithin sé go rómhaith. Thuig sé cuid den údar a bhí leis an
bhfaitíos sin, mar ba í Lisa an cara ab fhearr a bhí ag a bhean
chéile. Má bhí dul amú air maidir le Lisa, ba ghránna an
phraiseach a tharraingeodh sé air féin.

* * *

Lá deiridh an téarma d'iarr Diane Ní Loingsigh ar Mháire
teacht chuig a seomra roimh am sosa. Bhí faitíos ar Mháire
go luafadh sí an comhrá a bhí aici le Greg Dillon roinnt
seachtainí ó shin. Sheachain Máire gach caidreamh
pearsanta leis an múinteoir ó shin, ach shíl sí go raibh sé ráite
aige le hIníon Uí Loingsigh. Bhuail sí cnag beag ar an doras.

'Gabh isteach.'

Isteach léi.

'Suigh síos, a Mháire, beidh mé leat ar an nóiméad.'

Shuigh Máire síos. Bhí litir á críochnú ag an múinteoir.

'Sin é. Anois, is dócha go bhfuil tú ag déanamh iontais cén fáth ar iarr mé anseo thú?'

'Tá.'

'Bhuel, bhí mé ag breathnú ort ag snámh le tamall anuas agus tugaim faoi deara go bhfuil tú chomh maith le cailíní i bhfad níos sine ná thú féin.'

Chuir an moladh sin náire ar Mháire.

'Tá cara liom ina múinteoir spóirt sa scoil chónaithe agus ba mhaith léi foireann ón dá scoil a chur le chéile.'

'Muid féin agus na *snobs,* mar a déarfá.'

Níor thug Diane Ní Loingsigh aon aird uirthi.

'Tá fonn uirthi ceangal a chothú idir an dá scoil. Tá beirt eile roghnaithe agam agus ba mhaith liom deis a thabhairt duitse freisin.'

'Níl a fhios agam.'

'Déan do mhachnamh air. Chaithfeá tosú ag traenáil i rith shaoire an tsamhraidh, ar ndóigh, ach tá mé cinnte go mbainfeá tairbhe as.'

'Feicfimid.'

'Tabhair scéal dom sula dtéann tú abhaile inniu.'

'Tá go maith.'

'Sin é, mar sin. Go raibh maith agat, a Mháire.'

'Go raibh maith agat féin, a Iníon Uí Loingsigh.'

* * *

Nuair a d'fhág Aoife an scoil bhí sé ina ruaille buaille ag na scoláirí cónaithe agus iad ag súil go mór leis na laethanta saoire. Bhí socrú déanta ag a máthair go rachadh an bheirt acu go Londain fad a bheadh a hathair sa Spáinn. B'fhearr léi go mór dul in éineacht lena hathair, go mór mór dá mbeadh Lisa ann freisin. Mhoilligh carr os a comhair.

'An bhfuil tú ag fanacht le do mháthair?'

'Táim.'

Is í an múinteoir spóirt a bhí ann.

'Bhuel, ní raibh aon phacáil le déanamh agatsa, ar aon nós.'

'Ní raibh.'

'Slán, a Aoife. Bí ag traenáil go crua sa linn snámha.'

'Ceart go leor.'

'Go n-éirí an samhradh leat.'

'Agus leat féin.'

'Slán.'

Agus ar aghaidh leis an tiománaí gan fanacht le freagra.

* * *

Bhí Lisa ina suí léi féin ag ceann de bhoird an *bistro* ag ól fíon dearg agus ag déanamh a cuid machnaimh. Bhí uaigneas uirthi san árasán agus tháinig sí anuas le bheith i measc cairde. Ní raibh custaiméir ar bith fágtha san áit faoi seo. Sa chistin i mbun a chúraim a bhí Howard agus Lisa fágtha i mbun a cuid smaointe féin. Bhí pictiúr a máthar le feiceáil go soiléir ag Lisa ina hintinn.

Bean stuama, chiallmhar a bhí inti agus bhí uaigneas ar Lisa anois agus í ag cuimhneamh uirthi. Ba iad a beirt iníon ba thábhachtaí léi ar domhan. D'fhéach sí leis riamh nach bhfuair siad ach rudaí den scoth. Is rud nádúrtha a bhí ansin ag máthair ar bith, ach ba léir do Lisa anois go ndeachaigh sí beagán thar fóir lena gcur chun cinn. Ba chuimhin le Lisa an chomhairle a chuir a máthair uirthi níos mó ná uair amháin: a bealach féin a roghnú sa saol agus an rogha sin a leanúint go díograiseach, ba chuma céard a thiocfadh roimpi. Bhreathnaigh Lisa ar an saibhreas a bhí sa *bistro* agus ar an éadach breá a bhí sí féin a chaitheamh agus thuig sí go raibh brionglóid a máthar fíoraithe aici.

Ní raibh sé i gceist aici géilleadh do Chiarán i dtosach. Is fear é ar thug sí taitneamh dó, ach bhí sé pósta leis an gcara ab fhearr a bhí aici agus chuir sé sin srian uirthi go hiomlán. Níor thuig sí beag ná mór céard a bhí orthu le tamall, ach bhí siad mar a bheadh beirt a d'fheicfeadh a chéile den chéad uair. Chaithfeadh sí a admháil freisin gur duine sách leithleasach a bhí inti, go mór mór le blianta beaga anuas, agus gurbh é a leas féin a dhéanfadh sí seachas rud ar bith eile. Líon sí gloine eile fíona di féin agus rinne sí gáire. Ní fhéadfadh sí an milleán a chur ar an bhfíon faoin méid a tharla idir í féin agus Ciarán sa Spáinn. Bhí tuairim mhaith aici sular bhuail siad bóthar gur dócha go gcodlódh siad le chéile. Sin é an fáth a raibh drogall uirthi dul ann an chéad uair. Thuig sí freisin roimh imeacht agus í ag smaoineamh ar an aistear go mbainfeadh sí sult as a chuid comhluadair de ló agus d'oíche. Is iomaí rud a chuala sí i rith na mblianta faoi ghaisce Chiaráin Uí Dhónaill sa leaba. Dúirt a cuid cairde léi gan óinseach a dhéanamh di féin, ach b'fhearr le Lisa splanc a bhaint as an saol. Bhí a fhios aici go maith, ar aon nós, go mbeadh céile leapa eile aige mura dtapódh sí féin an deis. Ar a laghad ar bith, bhí aithne acu ar a chéile le blianta fada. Bhí muinteras eatarthu. Dúirt sí léi féin gurbh fhearr sin ná a mhalairt, ach is beag suaimhneas intinne a thug sé di. Ba chuma, ach an scéal a cheilt ar Denise. Is dócha gur gearr go n-éireodh Ciarán tuirseach di—bheadh deireadh le *affair* eile ansin.

'Cén imní atá orm?' arsa sí agus an fíon ag éirí sa cheann uirthi. 'Tá cead agamsa beagán spraoi a bheith agam ó am go chéile.'

D'fhág sí an ghloine ar an mbord. Isteach léi sa chistin le rá lena fear go raibh sí ag dul abhaile.

* * *

Bhí meangadh gáire ar Denise agus í ag scríobh liosta ainmneacha ar phíosa páipéir. Is beag aird a bhí aici ar ainmneacha na ndaoine a fuair cuireadh chuig an gcóisir i Ros Ard. Ag smaoineamh ar Thadhg Ó Raghallaigh a bhí sí, agus ar an gcairdeas a bhí eatarthu. Tuairim is seachtain tar éis di a bheith i gCuan Sáile, rith sé léi go tobann gur mhaith léi é a fheiceáil arís. Ba léir go raibh gliondar ar Thadhg nuair a chonaic sé í i ndoras an ionaid óige, áit a raibh sé ag obair. Thosaigh siad ag caint le chéile mar a bheadh seanchairde ann. Ní dúirt Denise tada le Ciarán maidir le Tadhg. Ní raibh rud ar bith le ceilt acu agus níor mhaith le Denise go dtiocfadh athrú ar an scéal sin, ar aon nós. Ach bhí a fhios aici go maith go mbeadh míthuiscint ann. Thaitin sé léi tae a ól in éineacht le Tadhg agus an chaint a dhéanamh leis, agus gheall sí dó go mbuailfeadh sí isteach ó am go chéile dá mbeadh sí ag siopadóireacht. Bhí sí dílis don gheallúint sin.

Chrom Denise arís ar an gcúram a bhí idir lámha aici: liosta iomlán a dhéanamh don chóisir. Bhí dhá liosta aici: iad siúd a dúirt go mbeidís i láthair agus iad siúd nach bhféadfadh teacht. Cóisir thábhachtach a bhí anseo do Chiarán, agus bhí Denise ag iarraidh go mbeadh gach ní ina cheart. Chuaigh sí anonn chuig an doirteal le cupán eile tae a dhéanamh di féin. Bhí píosa mór den lá le caitheamh fós sula mbeadh Ciarán sa bhaile.

* * *

Chuaigh Máire abhaile ar an mbus tar éis uair an chloig a chaitheamh ag traenáil go crua sa linn snámha. Ní raibh Caitríona sásta dul in éineacht léi, agus bhí Máire buíoch, dáiríre. Bhí a cara i gcónaí ag tarraingt aisti agus ag iarraidh uirthi breathnú ar lead éigin an t-am ar fad. Ní raibh mórán sa linn snámha: b'fhearr leis na daoine a bheith amuigh faoin aer, is dócha, ó tharla an aimsir go breá. Bhí cailín amháin eile ann. Ba chosúil go raibh sise ag traenáil chomh maith. Níor mhiste le Máire labhairt léi ach d'imigh an cailín eile uair ar bith a tharla an bheirt in aice le chéile. Bhí cuma an-chúthail uirthi agus tar éis tamaill ba léir do Mháire nach raibh fonn cainte uirthi agus dhírigh sí féin isteach ar a cuid traenála. Thosaigh siad ag rásaíocht in aghaidh a chéile suas anuas an linn gan focal a rá. Ba léir do Mháire gur snámhaí maith a bhí sa chailín eile. Fós féin, bhí sí féin in ann coinneáil léi nó í a chur fúithi ó am go chéile. Uaireanta dhéanadh an cailín moill nuair a tháinig Máire suas léi amhail is dá mbeadh faitíos uirthi roimh an gcoimhlint. Chuaigh an cailín amach as an linn tar éis tuairim is uair an chloig agus lean Máire isteach sa seomra gléasta í cúig nóiméad ina dhiaidh sin.

Nuair a tháinig Máire amach as an gcith bhí an cailín ag

caint le beirt eile a bhí tar éis teacht. Shíl Máire go bhfaca sí roimhe sin í, ach ní raibh a fhios aici cén áit. Chonaic Máire í ag tabhairt sracfhéachana uirthi ach ní dúirt sí focal agus chas sí na súile uaithi. Ní cailín an-dathúil a bhí inti. Ba chosúil go raibh beagán náire uirthi faoin gcuma láidir, fhireann a bhí uirthi. Ba chosúil, freisin, go raibh sí cúthail.

Nuair a bhí Máire ag dul amach chuala sí duine de na cailíní eile ag rá:

'Feicfidh mé arís thú, a Aoife.'

Sin is ainm di, mar sin. Meas tú, an mbeadh sí sa linn snámha arís? Ba thrua gan fonn rásaíochta uirthi. Ba bhreá le Máire beagán coimhlinte. Mhoilligh an bus ag coirnéal na sráide. D'éirigh Máire go trom tuirseach ón suíochán. B'fhada léi go mbeadh sí sa bhaile. Go mór mór agus Eddie bailithe leis. Chuirfeadh sí uirthi a gúna oíche agus ligfeadh sí tamall scíthe roimh dhul a chodladh. Ní raibh imní ná eagla uirthi.

Caibidil 4

Bhí Ciarán ina sheasamh ar an *bpatio* ag breathnú trasna an ghairdín. Bhí an t-uisce sa linn snámha ag glioscarnach agus grian Mheán Fómhair ag dul faoi. Bhí Ciarán an-sásta leis féin agus é ag ól gloine fíona ar a shuaimhneas roimh an gcóisir. Eisean a smaoinigh ar an gcóisir: bhí ag éirí go maith le tionscadal na Spáinne agus ba mhaith leis sin a cheiliúradh. Bhí infheistíocht déanta ag naonúr sna Villas Elidas faoi seo agus bhí daoine eile ag cur an-spéis iontu.

Tháinig Denise amach as an teach. Bhí Nan lena sáil agus babhla mór sailéid ar iompar aici.

'Cuir i lár an bhoird sin sa chúinne é, a Nan,' arsa Denise agus í ag scrúdú na mbord bia go buartha.

'Tá gach rud ag breathnú go hiontach,' arsa Ciarán. Anonn leis go dtí a bhean. Phóg sé go héadrom í ar a grua.

'Oíche mhór í seo domsa. Buíochas don dream atá ag obair in éineacht liom. Oíche leis an tionscadal nua a bhaisteadh go hoifigiúil. Go raibh maith agat.'

Rinne sé meangadh léi ach ní raibh deis aici focal a rá mar chuir Aoife a ladar sa scéal.

'An gcaithfidh mise fanacht don chóisir seo?'

'Caithfidh, cinnte,' arsa Denise. 'Caithfidh tú tacaíocht a thabhairt do d'athair.'

'Ach ní bheidh duine ar bith ar comhaois liom féin ann!'

'Coinneoidh tú comhluadar le Lisa. Ar fhaitíos go mbeadh uaigneas uirthi, mar ní bheidh Howard in éineacht léi. Nach fíor dom, a Chiaráin?'

Bhreathnaigh Ciarán ar a bhean ach ní dúirt sé tada. Chonaic sé an t-amhras ina súile agus thiontaigh sé uaithi.

'Ceart go leor, mar sin,' arsa Aoife. 'Beidh Lisa ag insint dom faoin tsaoire a bhí aici sa Spáinn le Dad. Tá sí go maith ag insint scéalta.'

Ní fhaca Aoife an tsracfhéachaint a thug a muintir ar a chéile agus rith sí go dtí doras an tí nuair a dúirt Nan go raibh Lisa ar a bealach isteach.

Tháinig Lisa isteach ar an *bpatio* ón seomra mór. D'fhéach sí go grinn ar Chiarán ach níor labhair sí leis. Chas sí i leith Denise.

'A Denise, tá an áit ag breathnú go hálainn.'

'Go raibh maith agat.'

Rinne Lisa gáire, go cairdiúil, mar dhea.

'Gabh mo leithscéal dhá nóiméad, a Lisa. Caithfidh mé mé féin a ghléasadh. Tá a fhios agat cá bhfuil gach rud. Tabharfaidh Ciarán aire duit, tá mé cinnte. Seo leat, a Aoife, tá sé in am agatsa thú féin a ghléasadh chomh maith.'

Bhreathnaigh Lisa ar an mbeirt ag dul isteach sa teach. Chuaigh sí anonn chuig Ciarán ansin.

'An bhfuil amhras uirthi?'

'Níl a fhios agam. Ná bac. Gabh i leith go mbainfidh mé fáscadh asat.'

Rug Ciarán uirthi agus phóg sé go tláith í ar a béal.

'Mm, tá tú ag breathnú go hiontach.'

Treabhsar geal a bhí á chaitheamh ag Lisa agus blús síoda a raibh dath uaine dorcha air. Bhí snaidhm ar a cuid gruaige, rud a nocht a muineál caol, mín os cionn choiléar *Mandarin* an bhlúis. Chuimhnigh sí gur dhúirt Ciarán gur mar sin ab fhearr leis a cuid gruaige nuair a bhain sé amach na bioráin gur chuimil sé na méara dá droim nocht.

'Bí cúramach, a Chiaráin. Níl muid ag iarraidh achrainn. Ní anocht, pé scéal é.'

'Níl. Tá an ceart agat. Seo, tá Gearóid agus Lorna anseo. Gabh i leith agus cuirfidh mé in aithne thú.'

Bhí náire ar Lisa agus í ag dul trasna chuig na haíonna eile in éineacht le Ciarán. B'fhuath léi dallamullóg a chur ar a cara féin, agus ba chúis eagla di an fuacht a bhraith sí i nglór Denise. Níor mhian léi í a ghortú ach bhí sí faoi gheasa ag a fear.

Chuir Denise a cuid éadaigh uirthi go cúramach, ach bhí cuma na himní ar a héadan. Bhí pianta ina géaga mar gheall ar an teannas; an fhaire, an éisteacht le gach focal beo, an t-amhras. Ní fhéadfadh sí a bheith cinnte, ach fós féin ó am go chéile bhí sí cinnte dearfa siúráilte. Ciarán agus a cara féin? B'uafásach an rud é. Cheangail sí an muince óir ar a muineál, thug sí iarraidh den scuab dá cuid gruaige, agus chuir sí béaldath uirthi féin. Bhí sí réidh. Bhí sé in am dul síos staighre. Ní raibh sí ag iarraidh moill a dhéanamh sa seomra leapa. Nuair a tháinig sí chomh fada le bun an staighre bhí an *patio* le feiceáil aici trí dhoras oscailte agus fhuinneog na leabharlainne. Is ann a bhí Ciarán agus Lisa ina seasamh, iad ag comhrá agus ag gáire le Gearóid agus le Lorna. Bhí an chuma ar an mbeirt go raibh siad lánsásta leo féin. Chuaigh an scian go croí inti.

Is i gcarr Colin a tháinig Colin agus Tadhg mar bhí eolas na slí ag Colin.

'A mhaighdean!' arsa Tadhg nuair a chonaic sé Ros Ard i measc na gcrann. 'Ní dúirt tú liom gur pálás atá san áit seo.'

'Tá sé go deas, nach bhfuil?'

Lig Tadhg fead le hiontas.

Pháirceáil Colin an carr in aice leis na carranna eile a bhí ann roimhe. Bhí cuma sách suarach ar a chairrín féin taobh leis an Saab 900 Turbo.

'Ar an *bpatio* atá an chóisir,' arsa Colin. 'Rachaimid díreach go cúl an tí.'

Bheadh deis acu breathnú ar na daoine eile ach dul timpeall an treo seo. Bhí tuairim is tríocha duine ann faoi seo, iad ar fad ag comhrá le chéile go réchúiseach agus deoch á hól acu. Lean an bheirt orthu suas na céimeanna go dtí an *patio*. Is ann a bhí Ciarán ag comhrá le fear ramhar a raibh cloigeann maol air. Bhreathnaigh Tadhg ar na haíonna eile ina thimpeall. Ansin chonaic sé bean thanaí in aice leis an mbeár agus gúna bláfar ildaite uirthi. D'fhan sé ansin nóiméidín agus thiontaigh an bhean chuig an té ba ghaire di le deoch a thabhairt dó. Denise! Cén fáth a raibh sise anseo?

'Seo, a Thaidhg,' arsa Colin, agus threoraigh sé é chuig fear ard a raibh culaith gheal air.

'Ciarán Ó Dónaill. A Chiaráin, seo é Tadhg, cara liom atá ina chinnire sa chlub óige ar an mbaile.'

'Is maith liom aithne a chur ort,' arsa Ciarán, agus chroith sé lámh leis.

'Mise freisin,' arsa Tadhg.

'Seo, cuirfidh mé in aithne do mo bhean thú,' arsa Ciarán. Thiontaigh sé chuig an mbeár.

'A Denise, tar anseo soicind amháin, a stór.'

Rinne Denise a bealach anall chucu agus í ag gáire. Ba léir go raibh údar magaidh aici le mo dhuine a bhí ag an

mbeár.   Baineadh stangadh aisti nuair a chonaic sí cé a bhí
ann.

'An bhfuil aithne agat ar Colin agus ar chara leis, Tadhg.
Cén sloinne atá ort?'

'Ó Raghallaigh.   Tadhg Ó Raghallaigh.'

'Agus seo í mo bhean chéile, Denise.'

Thug Tadhg faoi deara go raibh creathán uirthi nuair a shín
sí a lámh chuige.

'Cén chaoi a bhfuil tú?'

'Go maith.   Is maith liom aithne a chur ort.'

'Mise freisin,' arsa sise i gcogar.

'A Denise, caithfidh mé Colin a thabhairt liom go fóill go
gcasfaidh sé le beirt eile a bhfuil spéis acu sna Villas Elidas.
Ní bheidh mé ach cúpla nóiméad, dáiríre.   Tabharfaidh tú
Tadhg chomh fada leis an mbeár.'

Bhí an bheirt ina staic.   Má chas Denise le Tadhg ó am go
chéile ón lá a raibh siad i gCuan Sáile, ní dúirt sí mórán
riamh faoina teach féin.   Bhí a fhios ag Tadhg go raibh sí
pósta agus go raibh iníon aici agus go raibh sí míshásta, ach
ní raibh a fhios aige cérbh é an fear ná cé chomh galánta is a
bhí a saol.   Is beag a bhí ráite aigesean faoina chuid cairde
féin ach oiread.

Is é Tadhg is túisce a labhair.

'Níor dhúirt tú tada liom.'

'Ní raibh tábhacht ar bith leis.   Ní athraíonn sé sin an
cairdeas atá eadrainn ar chor ar bith.'

'Bean uasal i measc na bpleibeanna.'

'Ná habair é sin, a Thaidhg.'

Thuig sé gur ghoill an méid sin uirthi, ach ní raibh deis
aige a leithscéal a ghabháil mar shroich siad an beár agus
tháinig tuilleadh dá cuid cairde ag caint léi.

Bhí Aoife ina suí ar na céimeanna a bhí ar an mbealach síos chuig an ngairdín. Bhí an ghráin aici ar ócáidí mar seo. Na daoine ar fad agus iad ina seasamh thart ag comhrá le chéile go bréagach. Na mná agus iad ag déanamh comparáide idir éadach a chéile os íseal. Na fir agus iad ag déanamh comparáide idir na mná os íseal. Ní raibh duine ar bith ar comhaois léi ann, agus duine ar bith a shíl labhairt léi ní raibh a fhios acu céard ba cheart a rá. Is í Lisa an t-aon duine amháin a bhféadfadh sí labhairt léi i gceart. Bhreathnaigh sí ina timpeall feiceáil an bhféadfadh sí aird a máthar baiste a tharraingt. Chonaic sí Lisa ag teacht ón teach in éineacht lena hathair. Bhí sí sásta go raibh an bheirt mór le chéile. Chonaic Lisa í agus tháinig sí anall chuici.

'Bhuel, cén chaoi a dtaitníonn an oíche leat?' arsa sí agus shuigh sí lena taobh.

'Ceist amaideach,' arsa Aoife.

'Agus céard a bhí ar siúl agat i rith na laethanta saoire. Craic ar bith?'

'Tada. Sách *flippin*' leadránach, mar bhí Helen as baile ar feadh an ama.'

'Céard faoi Londain?'

'Maith go leor. Ní raibh Mama ach maith go leor.'

'Cén fáth?'

'Diabhal a fhios agam. Mar sin a bhíonn sí uaireanta.'

'Imní faoi Dhaideo, b'fhéidir.'

'Cén chaoi?'

'Mar níl sé go rómhaith.'

'Níl tada ar Dhaideo. Nach bhfuil sé sa Fhrainc lena chuid cairde? Céard a chuir é sin i do chloigeann?'

'Rud a dúirt do Dheaide, sílim.'

'Aisteach.'

'An-aisteach. Bhí dul amú orm, b'fhéidir. Ach seo, céard eile a bhí ar bun agat le deireanas?'

'Snámh. Traenáil don fhoireann nua idir muid féin agus an scoil chomhoideachais.'

'Maith thú. Coinnigh leis.'

'Cén chaoi ar thaitin an Spáinn libh?'

'Thar barr.'

B'fhearr le Lisa gan a thuilleadh a rá ar fhaitíos go dtiocfadh a cuid cainte salach ar an méid a bhí ráite ag Ciarán.

'Cheapfainn go raibh an-chraic ar fad agaibh. B'fhearr liomsa go mór a bheith in éineacht libhse.'

'Turas oibre a bhí ann, a Aoife, ní saoire. Ar mhiste leat má fhágaim leat féin thú? Tá mé ag iarraidh labhairt le Bairbre. Feicfidh mé ar ball thú.'

'Ceart go leor.'

Bhreathnaigh Aoife uirthi go géar agus í ag imeacht. Is cosúil nach raibh Lisa ach maith go leor anocht ach oiread.

* * *

Bhí Máire ina luí ar a leaba. Bhí flosc smaointe ina hintinn. Bhí samhradh iontach caite aici. An samhradh ab fhearr le blianta fada. Bhí slacht ar an teach, bhí slacht ar na páistí, bhí a máthair breá sásta, agus ní raibh dé ar bith ar Eddie. Bhí sí mór lena máthair anois agus ní raibh náire uirthi dul síos faoin mbaile in éineacht léi. Bhí an-traenáil déanta aici sa linn snámha agus bhí neart agus téagar ina colainn. Bhí sí ag súil leis an traenáil leis na cailíní eile. Chonaic sí uaithi Greg Dillon i rith na saoire. Ag dul an bealach sa charr a bhí sé in éineacht le lead eile. Ní raibh amharc ar bith ar Diane

72

Ní Loingsigh. Ní raibh buaireamh an tsaoil ar Mháire agus rud annamh a bhí ansin. Ach is gearr a mhair sin. Múchadh an bhrionglóid an mhaidin sin nuair a tháinig firín beag ramhar na gruaige smeartha isteach ar an tsráid. Chuir sé faoi amhail is nach raibh déanta aige ach siúl síos chuig an siopa leis an bpáipéar a cheannach.

Bhí sí féin agus a máthair ag ól tae a haon déag tar éis do Mháire teacht ar ais ón linn snámha.

'Caithfidh mise dul amach ar ball beag, a Mháire. Tabharfaidh tú aire do na páistí.'

'Ceart go leor. Féach. Tá tacsaí taobh amuigh.'

'Strainséirí béal dorais, is dócha. Dia á réiteach, Eddie atá ann.'

D'éirigh a máthair de léim agus dóbair di an bord caife a leagan. Rith sí go dtí doras an tí. Ní raibh cor as Máire ach í ina staic. Chuala sí an fhógairt.

'An bhfuil an t-airgead caite agat, a chonúis? Ná ceap go bhfuil fáilte romhat anseo!'

'Éist liom dhá nóiméad, a Úna. Lig isteach mé.'

'Níl aon suim agam i do chuid bréag, a rud gan mhaith.'

'Cúig nóiméad, a Úna, agus imeoidh mé arís.'

'Gabh isteach sa chistin, mar sin.'

Dhún sí an doras.

'Tá an áit go hálainn, a Úna.'

'Stop den phlámás.'

Chuala Máire fuaim na gcos ag dul thar an seomra ach níor lig sí tada uirthi féin. D'fhan sí ina suí ansin agus gan cor aisti. Chuala sí cogar na nglór sa chistin. Rinne sí a dícheall gan caoineadh. Tar éis tamaill tháinig a máthair isteach sa seomra suite.

'Tá Eddie ar ais.'

'Feicim é sin.'

'Tá sé ag iarraidh fanacht, go ceann píosa, mar a déarfá.'

'A Mhama!'

'Gheall sé dom go gcuirfidh sé *shape* air féin.' Bhí sí dearg ar fad agus bhí a súile ag lonrú. 'Gabhfaidh sé ag cuardach oibre maidin amárach.'

Ní dúirt sí tada faoin áit a raibh sé ó shin ná cén fáth ar tháinig sé ar ais.

'Níl mé ag dul amach. Déanfaidh mé cupán tae d'Eddie.' Bhí náire uirthi. 'Coinnigh ort. Seo iad na rudaí atá uainn.'

Chuir sí an liosta i nglaic Mháire.

'Agus seo é an t-airgead. Ó Eddie.'

Rug Máire ar an airgead mar a bheadh tine air. Chuir sí ina póca é leis an liosta.

'Tabhair leat na gasúir. Tá tuirse ar Eddie. Bhí turas air. Is dócha go gcodlóidh sé néal.'

'Tú féin agus é féin.'

Ní dúirt an mháthair tada. Bhrostaigh Máire amach thairsti ar fhaitíos go bhfeicfeadh sí na deora faoina súil. Ghlaoigh sí isteach ar na gasúir ón ngairdín, chuir sí Sam isteach sa phram agus thug sí aghaidh ar na siopaí.

De réir mar a bhí sí ag cuimhneamh siar ar an rud ar fad, bhí sé mar a bheadh brionglóid ann, drochbhrionglóid. Ní dúirt sí focal le hEddie nuair a tháinig sí abhaile ó na siopaí. Ná ní raibh smid as féin ar fhaitíos go mbeadh sé ina phléascadh. Chaith sí an tráthnóna ar fad ag spraoi leis na gasúir. Ansin chuir sí a chodladh iad. Bhí deis aici féin a scíth a ligean faoi dheireadh.

Chuala sí fuaim na gcos an staighre aníos. Gáire íseal. An doras á dhúnadh go ciúin sa chéad seomra eile. Gíoscán na leapa. Smaoinigh sí ar na géaga snaidhmthe ina chéile, an

74

t-allas. Bhí déistin uirthi. D'éirigh sí go deas réidh. D'fhág sí an seomra ar chosa beaga. Amach léi as an teach. Rith sé léi nach uirthi féin a bhí cúram na ngasúr.

* * *

Shín Diane Ní Loingsigh a lámha suas san aer agus bhain sí searradh aisti féin. Mar a bheadh cat, arsa Greg Dillon leis féin. Chonaic sé a cuid matán ar fad á dtarraingt agus á dteannadh. Lig sí anuas na lámha. Chuimil Greg méar dá smig. Thiontaigh Diane chuige agus tharraing sí aníos an bhraillín.

'Meas tú, nach fearr éirí?' arsa sí agus aoibh an gháire uirthi.

Thóg sé a cheann.

'Cén deifir a bheadh orainn?'

'Is dócha.'

Shuigh Diane aniar. Bhí fonn cainte uirthi.

'Nach fearr go mór é seo ná mála codlata ar thalamh crua?'

'Nach fearr?' arsa Greg. Shuigh sé aniar.

'Bhí an-chraic ann, nach raibh?'

'Bhí. An chraic ab fhearr le fada. Ar ndóigh, bhí an comhluadar ceart go leor freisin,' arsa Greg go magúil.

Rinne Diane gáire. Bhí an-chraic aici féin freisin. Ní raibh sé i gceist aici dul chuig féile Shláine ach d'éirigh le Greg í a chur dá comhairle. Tháinig cara léi, Maggie, in éineacht leo freisin agus tharla gur chas sise le lead a mbíodh sí ag dul amach leis ar an gcoláiste. Fuair siad amach go raibh rud eatarthu fós. Bhain Diane an-sult as comhluadar Greg, agus nuair a bhí an ceol thart agus cúpla buidéal fíona ólta chuaigh rudaí chun cinn go mór.

'Ba muide an dream ba shine ann,' arsa Diane.

'Tusa ba shine, b'fhéidir.'

'Meas tú? Ach is dream stuama a bhí iontu. Ní raibh mórán acu caochta, *fair play* dóibh. Tá ciall ag an dream óg sa lá atá inniu ann.'

'An gcloiseann tú Mamó ag caint!' arsa Greg go magúil.

'Ní thuigeann tú an rud atá i gceist agam, a Greg. An ceathrú bliain sa scoil s'againne, cuir i gcás. Tá siad sin mar a bhí muide nuair a bhí muid sa séú bliain, cuid acu go mór mór. Leithéidí Mháire Bhreatnach, abair.'

Baineadh stangadh as Greg nuair a chuala sé an t-ainm sin. D'aithin Diane sin air. Cén diabhal a bhí uirthi, ag caint ar Mháire Bhreatnach an t-am ar fad? Lean Diane uirthi.

'Chonaic mé í uair amháin, an bhfuil a fhios agat?'

'Cén chaoi?'

'Chonaic mé í gan snáth éadaigh uirthi. Bhí sí ag caoineadh an lá seo sa chith mar gheall nach bhfuil sí cosúil leis an dream eile. Tá sí ina bean óg agus gan sa chuid eile ach girseacha. Is cosúil go raibh siad ag spochadh aisti.'

Ní raibh cor as Greg ach cluas le héisteacht air agus teannas mór ann.

Rinne Diane gáire agus bhain sí searradh eile aisti féin leis an tromchúis a bhaint as an gcaint. Rabhláil sí í féin suas air go cúramach agus bhrúigh sí siar ar an bpiliúr é. D'fháisc seisean chuige í agus rug sé greim gruaige uirthi. Dath rua a bhí ar an bhfolt fada gruaige sin ar feadh soicind amháin.

* * *

Bhí an laiste crochta tigh Mhamó nuair a bhuail Máire isteach chuici le héalú ó Eddie agus óna máthair.

'A Mhamóóó! Mise atá ann.'

'A Mháire, a leanbh, gabh isteach. Tá mo chomharsa Nóra ag ól tae liom.'

Bhí an bheirt ina suí ag an mbord agus pláta brioscaí ar a n-aghaidh amach.

'Tá aithne agat ar Mháire, a Nóra, nach bhfuil? Iníon Úna. Cailín cliste í.'

'Agus is breá an bhean óg í, bail ó Dhia uirthi,' arsa Nóra agus í ag oibriú a cinn.

Bhí náire ar Mháire.

'Dia duit,' arsa sí leis an gcuairteoir.

'Dia 's Muire duit féin, a leainbhín. Ní dhéanfaidh mise moill, a Eileen. Tá an cailín óg ag iarraidh Mamó a fheiceáil.'

D'éirigh sí agus d'fhág sí an chathaoir faoi Mháire.

'Rachaidh mé amach an doras ó thuaidh nó beidh feiceáil orm.'

'Tá go maith. Bí cinnte agus tabhair cuairt arís.'

'M'anam go ndéanfaidh. Go ngnóthaí Dia daoibh.'

'Slán.'

Dhún Eileen Bhreatnach an doras. Thiontaigh sí chuig an ghariníon láithreach.

'Céard é féin?'

'Tháinig sé ar ais.'

'Go dtarrthaí Dia sinn.' Shuigh an tseanbhean síos lena hanáil a tharraingt.

'Agus na múrtha fáilte roimhe ag an óinseach sin, is dócha. Céard a dúirt tú leis?'

'Tada.'

'Binn béal ina thost.'

Bhreathnaigh Mamó ar Mháire go smaointeach.

'B'fhearr liom go bhfanfá anseo liomsa.'

'A, a Mhamó, ní fhéadfainn. Cé a thabharfadh aire do Sam?'

'A mháthair, b'fhéidir.'

'B'fhéidir. Ní bhíonn mórán cuma uirthi nuair a bhíonn mo dhuine thart.'

'Bhuel, fan thusa glan air, ar aon nós.'

'Fanfaidh.'

Lig an tseanbhean osna agus bhain sí croitheadh as a ceann. Cúis imní di a gariníon a bheith in aontíos leis an Eddie sin.

'Cén chaoi a bhfuil an snámh ag dul duit?' arsa sí.

'An-mhaith. Beimid in éineacht leis na *snobs* nuair a bheidh scoil arís ann.'

'Ná bíodh scáth ar bith ort rompu. Seo, déarfaidh mé le Tom béal dorais sciorradh suas chuig do mháthair. Déarfaidh sé léi go mbeidh tú ag fanacht liomsa anocht.'

'Ná déan, a Mhamó. Níl mé ag iarraidh achrann a tharraingt. Seans nach n-osclóidh sí an doras, ar aon nós.'

'Ná bac. Tá glór breá ag Tom. Fógróidh sé orthu ó bhun an staighre.'

Chuaigh Mamó amach. Thóg Máire briosca den phláta. Ba mhaith léi Mamó a bheith ag peataireacht uirthi.

* * *

Bhí an chóisir ag fágáil Ros Ard agus gan deis faighte ag Denise tuilleadh cainte a dhéanamh le Tadhg. Níor mhaith léi go millfeadh an mhíthuiscint an cairdeas a bhí eatarthu. Chonaic sí é ina sheasamh in aice leis an linn snámha. Chuaigh sí anonn chuige ach ní raibh sí cinnte cén chaoi a mbainfeadh sí caint as maidir le rud a bhí ag goilliúint air, gan amhras.

'Ar thaitin an oíche leat?'

'Thaitin. Tá áit bhreá anseo agaibh.'

Freagra sách foirmeálta a bhí ansin agus shíl sí gur le fonóid a dúirt sé é.

'Stop, a Thaidhg, ná bí mar sin, le do thoil.'

'Bhí iontas orm, a Denise.'

'Tá a fhios agam. Ormsa a bhí an locht. Ach ní raibh aon tábhacht leis. Agus níl anois.'

'Níl duitse, b'fhéidir.'

'Ach tá a fhios agat nár labhair ceachtar againn ar a shaol féin.'

'Cén saol atá agamsa ar fiú trácht air le hais a bhfuil anseo?'

'Is cairde muid, a Thaidhg, sin an méid. Ní chuirfidh an teach seo isteach ná amach air sin.'

D'fhéach sé uirthi. Bhí an t-uaigneas ina shúile.

'Cad a cheapfadh d'fhear céile dá mbeadh a fhios aige fúm?'

Chas Denise i leataobh uaidh. Níor mhaith léi go dtuigfeadh sé chomh mór is a ghoill sé uirthi labhairt ar Chiarán.

'Ní leisean cairde a roghnú domsa.'

'Cé a roghnaíonn a chuid cairde do Chiarán?'

Níor fhreagair sí é. Is maith a chonaic Tadhg an chaoi ar fhan Ciarán Ó Dónaill taobh le Lisa Smith i rith na hoíche. Duine ar bith a chonaic iad, thuig sé gur mhó a bhí eatarthu ná cairdeas. Bhí fearg ar Thadhg leis faoin íde a bhí sé a thabhairt dá bhean chéile. Nuair a smaoinigh sé air sin bhuail aiféala é gur labhair sé go borb.

79

'Tá brón orm, a Denise. Níor cheart dom labhairt leat mar sin. Níor inis tú bréag ar bith dom. Bhí a fhios agam go raibh tú pósta.'

'Bhí a fhios. Ach cheil mé cuid den fhírinne ort. Bhí mé ag iarraidh dearmad a dhéanamh. Bhí mé ag iarraidh Bean Uí Dhónaill a fhágáil sa bhaile agus a bheith i mo Denise. Tá leithscéal le gabháil agamsa chomh maith.'

Bhreathnaigh Tadhg uirthi go ceanúil. Ba léir do Denise gur mhaith leis dul thar cairdeas léi ach níorbh é sin a bhí uaithi féin. Ní bean í a rachadh ar an leaba le fear go héasca, fiú dá bhféadfadh sí dearmad a dhéanamh ar a pósadh féin. Fós féin, bhí faitíos uirthi. Faitíos roimh na mothúcháin. Faitíos go mbéarfaí uirthi agus gan aon dul as.

Chuala sí Ciarán ag fógairt.

'A Denise, tá George agus Beth ag imeacht. Gabh i leith agus abair slán leo.'

Thiontaigh sí chuig Tadhg.

'Glaofaidh mé ort amárach agus socróimid rud éigin. Bhí sé an-deas thú a fheiceáil, a Thaidhg. Tabhair aire duit féin.'

'Ceart go leor. Slán anois.'

'Slán.'

Bhreathnaigh Tadhg uirthi ag imeacht. Chonaic sé an straois bhréagach ar bhéal a fir chéile. D'airigh sé mar a bheadh poll mór istigh ann féin.

* * *

Tar éis seachtain scoile bhí dearmad glan déanta ag Máire ar na laethanta saoire. Fadó riamh a bhí an samhradh ann, shílfeá. Agus ba é an rud céanna a bheith sa chúigiú bliain cé nár stop na múinteoirí ag meabhrú dóibh cé chomh tábhachtach is a bhí an Ardteist. Na héadain cheannann chéanna agus na ranganna ceannann céanna. Ní raibh de shólás ag Máire ach gurbh é an múinteoir matamaitice céanna a bhí aici.

Bhí cuma shláintiúil ar Greg Dillon tar éis an tsamhraidh agus léim croí Mháire gach uair a labhair sé léi. Bhíodh sí neirbhíseach ar bhealach éigin roimh na ranganna mata amhail is dá mba scrúdú a bheadh ann. Na laethanta sin a mbíodh an rang mata tar éis lóin ní fhéadadh sí greim a ithe agus ba bheag aird aici ar chaint a cuid cairde.

Ina suí ar an gclaí sa charrchlós a bhí Máire anois. Bhí sí ag súil le Diane Ní Loingsigh agus leis an mbeirt eile a bhí ar an bhfoireann snámha. Nuair a chonaic sí ag teacht iad léim sí anuas agus anonn léi chomh fada leo.

'A Mháire, tá tú ann,' arsa Diane Ní Loingsigh nuair a tháinig sí anall. 'Seo iad Clíodhna agus Aisling. Tá mé cinnte go bhfuil aithne agaibh ar Mháire.'

Ní raibh ach aithne súl ag Máire orthu. Rinne sí miongháire leo. Bhrostaigh siad ar fad leo i ndiaidh Diane Ní Loingsigh go dtí an carr.

'Cuirfimid ag rásaíocht sibh i dtosach,' arsa an múinteoir, 'go bhfeicfimid cé chomh láidir is atá sibh ar fad.'

Chuig an scoil phríobháideach a bhí siad ag dul. Bhí linn snámha ansin a bhí níos fearr ná linn snámha an bhaile.

'Beidh cailíní na scoile eile páirteach sa rás freisin,' arsa an múinteoir.

Bhí Máire chun tosaigh sa charr. Chonaic sí Diane Ní Loingsigh i gcúinne a súile. Meas tú an raibh sí seo ag dul amach le Greg Dillon? Bean an-dathúil a bhí inti. Gruaig dhonn go guaillí uirthi agus í casta go slachtmhar faoi na cluasa. Bhí léas órga sa ghruaig anuas ar an dath nádúrtha.

Is dócha gur chosain sé sin pingin mhaith uirthi i salón gruagaireachta éigin ar an mbaile. D'fhéach Máire ar a béal oiread is a d'fhéad sí. Bhí na liopaí líonta. Dath deas pinc orthu. Shamhlaigh sí an chaoi a bpógfadh sí é. Na súile glasliatha agus iad dúnta. Na méara i ngreim ann. Í á shlíocadh suas anuas.

Tháinig siad chomh fada leis an scoil phríobháideach agus sheol Diane Ní Loingsigh chuig na seomraí gléasta láithreach iad. Bhí an múinteoir eile ann le fáilte a chur rompu agus thaispeáin sí an bealach dóibh. Bhí na cailíní eile ann cheana féin. Cuireadh in aithne dá chéile iad.

'Seo iad na cailíní ón scoil chomhoideachais, Clíodhna, Aisling agus Máire. Seo iad Nuala, Róisín agus Aoife. Brostaígí oraibh anois go dtosóimid.'

Thug na cailíní sracfhéachaint ar a chéile go cúthail. Shíl Máire gur aithin sí duine acu, Aoife. Bhí an cailín sin ag cur na súl tríthise freisin, amhail is dá mbeadh aithne aici ar Mháire. B'fhearr le Máire gan labhairt ar fhaitíos nach ndéarfaí tada ar ais léi. Thosaigh Clíodhna an chaint. Chuir sí ceist ar an gcuid eile cén stíl snámha ab fhearr leo. Ba ghearr go raibh siad réidh. Isteach leo sa linn. Thug Máire faoi deara go raibh an cailín eile fós ag stánadh uirthi agus rinne sí gáire léi. Rinne sise gáire ar ais léi go cairdiúil. Bhí Máire ag cur a caipín snámha uirthi féin nuair a tháinig Aoife anall chuici.

'Chonaic mé thusa cheana,' arsa sí. 'Sa linn snámha ar an mbaile agus lá ag geataí na scoile.'

Nuair a chuala Máire an méid sin chuimhnigh sí cén áit a bhfaca sí í seo an chéad uair.

'Tusa a bhí sa BMW dearg!'

'Is mé. Is í Mam a thugann ar scoil mé. Is é an chaoi go bhfaca mise do chuid gruaige. Tá sí go hálainn.'

Bhí iontas ar Mháire an méid seo a chloisteáil.

'Níl sé éasca í a shocrú faoin gcaipín seo,' arsa sí.

'Seo, cabhróidh mé leat,' arsa Aoife.

Ghlaoigh Diane Ní Loingsigh orthu agus dúirt sí leo dul suas ar na bloic.

'Cuimhnígí anois gur ceathrar a bheidh ar an bhfoireann agus beirt ionadaithe. Níl anseo ach an chéad rás, mar sin, ná bíodh imní oraibh.'

Bhí Clíodhna taobh le Máire ar thaobh amháin agus Aoife ar an taobh eile.

'Ceart go leor? Marc, réidh . . .' Agus séideadh an fheadóg.

Ghearr Máire dromchla an uisce go mín. D'airigh sí brú an uisce ina haghaidh. Tháinig sí aníos. *Crawl* a bhí sa rás seo, rud a d'fheil di, mar bhí neart ina lámha. Bhí sí ag scinneadh léi go héadrom tríd an uisce bog. Bhí Aoife gar di ar dheis ach ní raibh Clíodhna le feiceáil. Bhí sí ag oibriú na lámh go crua, a ceann agus a muineál ag casadh idir na buillí. Bhí rithim faoi chiceáil a cos agus d'airigh sí an tarraingt in íochtar a boilg agus ina leath deiridh. Bhí sí ag teannadh le ceann na linne agus Aoife go dlúth léi anois. 'Sin é, an casadh anois,' ar sí léi féin. Bhí beagán tuirse uirthi agus ba léir sin nuair a shíl sí casadh. Chuir sí cúpla soicind amú agus bhí a fhios aici go raibh Aoife léi. D'airigh sí an pléascadh ar dhromchla an uisce nuair a chuaigh Aoife thairsti.

'Damnú air,' a deir sí léi féin. 'Caithfidh mé breith uirthi. Rinne sí sáriarracht ach ainneoin sin is uile bhí cosa Aoife le feiceáil aici amach roimpi. 'Arís,' arsa sí léi féin. Thug sí iarracht eile uaithi ach obair in aisce a bhí ann. Bhuail Aoife a lámh faoin mballa agus Máire sé troithe ina diaidh. Tharraing sí anáil agus thiontaigh sí ar dheis.

'Comhghairdeas leat. Tá tú iontach ag snámh.'

'Go raibh maith agat. Bhí an t-ádh liom,' arsa Aoife ar ais léi.

'Níl sin fíor. Tá tú i bhfad níos fearr ná mise. Tá sé tuillte agat. Bhí a fhios agam é nuair a chonaic mé ag snámh thú i dtús an tsamhraidh.'

'An raibh a fhios?'

Bhí sí ag cur náire ar Aoife, á moladh mar sin.

'Ní fhaca mé sa linn snámha thú ina dhiaidh sin,' arsa Máire.

'Ní fhaca. Tá linn snámha againn sa ghairdín anois.'
Shíl Máire go raibh drogall ar Aoife sin a rá agus ní dúirt sí tada eile mar gheall air. Bhí an rás críochnaithe ag gach duine anois.

'Sin é, a chailíní. Ligigí bhur scíth anois sula n-imíonn sibh. Aoife, Máire, Róisín, Nuala, Clíodhna agus Aisling. Sin é an t-ord a bhí ann inniu. Go raibh maith agaibh faoi theacht. Feicfidh mé sibh an tseachtain seo chugainn.'

Rinne na cailíní beagán snámha leis an teannas a bhaint as na géaga agus amach leo ansin. Bhí sé i bhfad níos éasca dóibh labhairt le chéile anois.

'An bhfuil tú ag iarraidh síob abhaile?' arsa Aoife le Máire agus iad ar an mbealach amach.

'Beidh mé ceart go leor. Tá carr ag Iníon Uí Loingsigh.'

'Ceart go leor. Feicfidh mé thú an tseachtain seo chugainn.'

'OK. Comhghairdeas leat arís.'

'Go raibh maith agat. Slán go fóill.'

'Slán.'

Bhreathnaigh Máire uirthi ag imeacht. Bhí sí an-difriúil nuair a rinne sí gáire. I bhfad níos deise cé gur dhearg sí go barr a dhá cluas gan údar. Cailín ait, arsa Máire léi féin. Ach bhí sí go deas. Bhí sí soineanta. Shíl Máire gur gearr go mbeadh cara nua aici. Meas tú? Ní hé an rud céanna a bheadh ag fanacht leo nuair a rachaidís abhaile. Chuir na smaointe sin míshuaimhneas ar Mháire. B'fhearr léi ná rud ar bith ar domhan saol Aoife a bheith aici anocht. Gan imní ná buaireamh a bheith uirthi. Grá máthar agus grá athar a bheith aici. Grá máthar agus athar dá chéile a bheith sa teach.

Caibidil 5

Bhreathnaigh Ciarán Ó Dónaill ar a uaireadóir. Bhí moill uirthi. B'annamh léi. Nár lige Dia go raibh rud ar bith cearr. Bhreathnaigh sé mórthimpeall an tseomra. Suíocháin de scoth an leathair agus adhmad láidir, stálaithe. Anseo ab fhearr leis ithe ar an mbaile. Áit le greim a ithe go ciúin i ngan fhios don saol. Áit a gcaithfeadh duine an tráthnóna agus gan fuadar faoin gcailín freastail ag iarraidh an bord a ghlanadh. Bhí togha an bhia ann agus rogha fairsing fíona mhaith. Bhreathnaigh sé ar an doras an soicind a shiúil sí isteach. Bhí a cuid gruaige gan cheangal inniu agus bhí cuma na hóige uirthi. Éadach neamhfhoirmeálta a bhí uirthi, dath donn agus dath an uachtair air. Bhrostaigh sí anall ina leith nuair a chonaic sí é.

'A Chiaráin, tá brón orm go bhfuil mé mall.'

D'éirigh sé agus phóg sé ar a leiceann í.

'Is cuma. Ach bhí imní orm, ceart go leor.'

'Muise, an raibh? Imní ar Chiarán Ó Dónaill faoi dhuine eile?' arsa sí go magúil.

'Bhí, a Lisa. Sin é an bhail a chuireann tú orm.'

Shuigh siad síos agus bhreathnaigh siad ar an mbiachlár.

'Thóg sé i bhfad orm áit pháirceála a fháil i lár an bhaile.

Bhí cúpla rud ag teastáil uaim. Rinne mé deifir an domhain ag iarraidh a bheith anseo in am. Bhí faitíos orm go mbeifeá imithe.'

'Bíodh ciall agat. Is fiú fanacht leatsa.'

Tháinig an cailín freastail ag fiafraí céard a bhí uathu agus lean an chaint faoi ghnáthchúrsaí an tsaoil.

'Céard a dúirt tú le Howard nuair a bhí tú ag dul amach?' arsa Ciarán nuair a bhí siad leo féin arís.

'Dúirt mé go raibh mé le bualadh le seanchara. Ní bhíonn sé fiosrach, mar a dúirt mé leat cheana.'

Bhí Ciarán ag breathnú sa dá shúil uirthi agus í ag caint. Bhí aoibhneas agus gliondar air.

'Tá tú fíorálainn inniu. Faraor nach linn féin atáimid áit a bhfaighinn greim docht ort le thú a phógadh.'

'Muise, a Chiaráin, cá mhéad gloine fíona a bhí agat sular tháinig mé?'

'A Lisa, an bhfuil dáiríreacht ar bith ionat?'

Ghlan an gáire dá béal.

'Tá faitíos orm go bhfuil.'

'Tá a fhios agat faoin am seo cén chaoi a n-airím fút, a Lisa.'

'Tá a fhios. Ach tá aithne agam ort, a Chiaráin, agus tá scéalta cloiste agam fút.'

'A Lisa, tá mé dáiríre. Ní raibh an rud seo orm riamh cheana. Ní raibh mé chomh sásta le duine ar bith agus atá mé leatsa. Is solas tú i mo shaol. Do chomhluadar, do gháire, do chuid cainte: is é an rud is iontaí ar domhan liom é.'

'Ó, a Chiaráin. Is breá liomsa do chomhluadarsa freisin. Bhain mé sult as gach nóiméad sa Spáinn. Bhí mé sna flaithis in éineacht leat de ló agus d'oíche. Ach tá faitíos orm.'

'Cén faitíos?'

'Níl a fhios agam. Faitíos roimh mo chuid mothúchán féin. Faitíos roimh do chuidse mothúchán. Faitíos Denise agus Aoife a ghortú.'

'Agus Howard?'

'Céard faoi Howard?'

'An bhfuil faitíos ort eisean a ghortú?'

'Ní sa chaoi a gceapann tusa é. Tá socrú agam féin agus ag Howard le chéile. Leanann gach duine againn a bhealach féin chomh fada is atá an pósadh i gceist.'

'An bhfuil sé ar an eolas fúinne?'

'Níl, agus níl sé ag iarraidh a bheith. Tá a shaol féin aigesean.'

'A mhaighdean,' arsa Ciarán. 'Níor shíl mé gur fear ban é Howard.'

'Agus ní hea,' arsa Lisa agus creathán ina glór.

'Cén laige atá ag Howard, mar sin?' arsa Ciarán. Ba leisean an magadh a dhéanamh anois. 'An t-ól? An cearrbhachas?'

'Ní hé. Na fir.'

Bhain an dá fhocal sin stangadh as Ciarán. Chonaic sé an phian ina cuid súl, pian a chonaic sé cheana gan í a thuiscint.

'Ó, a Lisa, tá brón orm.' Rug sé greim láimhe uirthi go docht. Chuir sé mallacht air féin faoi labhairt léi go béalscaoilte.

'Ní raibh a fhios agam ó Dhia é.'

'Tá a fhios agam nach raibh a fhios. Is beag duine atá ar an eolas.'

Is anois a thuig Ciarán an fáth le saoire gan an duine eile, teacht Lisa go Ros Ard ina haonar, Charles agus a chuid cúnaimh sa *bistro* dá mbeadh Lisa as baile.

'Ach cén fáth a bhfanfá leis?'

'Tá meas agam air, ar bhealach. Tá cead agamsa mo rogha rud a dhéanamh, mo rogha rud a cheannach, mo rogha duine a fheiceáil. Cén fáth a n-imeoinn uaidh?'

'Ó, a Lisa, tá saol níos fearr ná sin ann, tá mé cinnte.'

'Seans go bhfuil. Tá mé sásta faoi láthair. Is leor sin faoi Howard. Céard a dúirt tusa le Denise nuair a bhí tú ag dul amach?'

'Diabhal focal. Ní bhíonn a fhios aici cá mbím, ar aon nós. Agus is leor an méid sin faoi Denise.'

Bhí an béile caite acu gan blaiseadh den bhia agus tháinig an cailín freastail leis an mbord a ghlanadh.

'Caife?' arsa sí.

'Ní bheidh, go raibh maith agat. Níl an t-am againn inniu.'

Bhreathnaigh Ciarán uirthi.

'Cá bhfuil do dheifir, a Lisa Smith?' arsa Ciarán nuair a bhí an cailín freastail imithe.

Chaith Lisa na heochracha ar an mbord.

'Céard iad sin?' arsa Ciarán.

'Eochair árasáin le cara liom. Tá sí as baile faoi láthair. D'iarr sí orm bualadh isteach féachaint go bhfuil gach ní ina cheart. An dtiocfá liom?'

Bhí aoibhneas ar Chiarán agus rinne sé gáire.

'Tá tráthnóna leisciúil romhainn, mar sin. B'fhearr dom glaoch ar an oifig le rá nach mbeidh fáil orm an chuid eile den lá. Ní bheidh mé dhá nóiméad.'

Bhreathnaigh Lisa air ag imeacht ina fhear láidir, déanta. Ní fhéadfadh sí gan smaoineamh ar *siestas* na Spáinne. Bhí sí sásta gur thug Éilís eochair an árasáin di go toilteanach. Ba chuma ach í a bheith imithe roimh a seacht. D'éirigh sí ón mbord. Bhí sí ag súil agus ag tnúth leis an rud a bhí le tarlú. An ceart aici. Bhí oiread sin pléisiúir ag dul di ar an saol seo. Chuaigh an bheirt chomh fada leis an doras gan a thuilleadh moille. D'íoc Ciarán an bille agus shiúil siad amach i ngreim uilleann ina chéile gan aird dá laghad acu ar an saol.

*   *   *

Bhí Máire agus Aoife ar tí dul amach as an linn snámha tar éis uair an chloig crua ag traenáil nuair a thug Máire faoi deara go raibh Greg Dillon ann. Bhí sé ina sheasamh taobh le doras na gcuairteoirí. *Jeans* a bhí sé a chaitheamh agus geansaí dorcha gorm. Bhí cuma an-dathúil air agus gheit an croí inti nuair a chonaic sí é. Chonaic sé iad agus tháinig sé anuas chomh fada leis an mballa íseal a bhí idir an linn agus áit na gcuairteoirí. Bhí Diane Ní Loingsigh ina seasamh in aice leis an linn. Chonaic sise Greg an nóiméad sin freisin. Shiúil sí anonn chuige. Thiontaigh Máire chuig Aoife.

'Seo. Suas anuas uair amháin eile.'

'Ní fhéadfainn, a Mháire. Coinnigh ort, thú féin.'

'Ceart go leor. Fan ansin liom.'

Thum sí isteach san uisce agus shnámh sí go tréan suas an linn. Is maith a thuig sí go raibh sí ag déanamh gaisce agus go raibh na daoine ag breathnú uirthi. Ach ní fhéadfadh sí gan an deis a thapú agus iontas a chur orthu. Nuair a bhí an méid sin déanta aici d'fhan sí san uisce ar feadh cúpla soicind agus ansin tharraing sí í féin aníos an dréimire beag.

'Seo, a Aoife,' a deir sí thar a guaillí, 'gléasfaimid muid féin.'

Lean Aoife í agus gan gíog aisti.

Is maith a thuig Máire an t-iontas a bheadh ar dhuine á

feiceáil ansin in aice leis an linn. Bhí an chulaith snámha fáiscthe go fliuch anuas ar a craiceann. Bhí gach orlach di go soiléir faoin éadach snasta dubh. Chrom sí síos le breith ar an tuáille agus thriomaigh sí a héadan. Nuair a bhí sí cromtha bhain sí di an caipín snámha. Dhírigh sí aniar go tobann ionas gur spréigh an ghruaig go flúirseach síos thar a guaillí. An nóiméad sin féin tharla Greg Dillon amach uaithi go díreach. Bhreathnaigh sí sa dá shúil air agus shíl sí gur dhearg sé beagán. Shiúil sí chomh fada leis féin agus Diane Ní Loingsigh.

'Táimid críochnaithe, a Iníon Uí Loingsigh. Dia duit, a Mháistir.'

'Dia duit, a Mháire.'

Shíl Máire gur dheacair dó féachaint sna súile uirthi. Chrom sí i leataobh agus lig sí uirthi go raibh sí ag triomú a ceathrún leis an tuáille.

'Tá tú go maith ag snámh, a Mháire.'

Chonaic Máire an tintreach i súile Diane Ní Loingsigh agus thapaigh sí an deis.

'Caithfidh tú teacht níos minice, a Mháistir. Bíonn muid níos fearr ag snámh má bhíonn tacaíocht ann.'

'Is dócha,' arsa seisean agus an chuma air gur mhaith leis go slogfadh an talamh é.

'An bhfuil tú réidh, a Diane?'

'Táim, a Greg,' arsa sise go briosc. Lean sí uirthi, 'Sin é go dtí an tseachtain seo chugainn, a chailíní. Feicfidh mé thusa amárach, a Mháire.'

D'airigh Máire an faobhar ina glór agus rinne sí gáire go haerach.

'Tá go maith.'

Bhí a súile ar lasadh le diabhlaíocht. Rinne Aoife casacht go múinte lena taobh.

'Caithfimid muid féin a ghléasadh, a Mháire. Beidh Mama ag fanacht linn.'

'Tá síob abhaile agat, mar sin, a Mháire.'

Chonaic Máire an tintreach arís i súile Diane Ní Loingsigh.

'Tá síob agam inniu ar aon chaoi, a Mháistir. Slán.'

'Slán, a Mháire,' arsa Greg.

Shiúil Máire go triopallach chuig an seomra gléasta agus í ag slíocadh a cuid gruaige. Chas sí timpeall le breathnú ar an mbeirt mhúinteoirí. Nuair a chonaic sí go raibh siad fós ag breathnú uirthi chuir sí meangadh soineanta uirthi féin agus chroith sí lámh orthu. Ní mórán a dúirt Aoife faoi sin ar fad le linn dóibh a bheith á ngléasadh féin. Ach chuir sí ceist uirthi cérbh é Greg Dillon.

'Bhí tú an-dána leis,' arsa Aoife, agus b'in an méid a dúirt sí faoin ábhar.

Cé go raibh an-aithne ag Máire ar Aoife le tamall anuas ní raibh fonn uirthi a rún a insint di maidir leis an taitneamh mór a thug sí do Greg Dillon. Lean an chaint faoi chúrsaí scoile idir obair bhaile agus eile agus is gearr go raibh siad ina suí i gcarr mháthair Aoife ar an mbealach abhaile. Bhí leisce ar Mháire glacadh le síob abhaile i dtosach. Ach faoin am seo bhí sí lánsásta léi féin agus í ag seoladh léi go sócúlach sa charr galánta. Agus thaitin Bean Uí Dhónaill léi.

'Caithfidh tú teacht ar cuairt chugainn, a Mháire. Tiocfaidh tú le hAoife. B'fhéidir go mbeadh deis agaibh traenáil sa linn sin againne sula dtiocfaidh fuacht san aimsir.'

Chonacthas do Mháire go raibh Bean Uí Dhónaill sásta faoin gcairdeas a bhí idir í agus a hiníon.

'Go raibh míle maith agat,' arsa sí.

'Go hiontach, a Mhama! Socróimid lá an tseachtain seo chugainn, b'fhéidir.'

Bhí siad tagtha chomh fada le bun na sráide ina raibh cónaí ar Mháire.

'Go raibh míle maith agaibh,' arsa Máire agus amach léi as an gcarr.

'Feicfidh mé thú an tseachtain seo chugainn. Slán go fóill.'

'Slán,' arsa an bheirt eile.

Bhreathnaigh Máire orthu ag imeacht sular thug sí aghaidh ar an mbaile. Bhí áthas uirthi go raibh glacadh léi ag Aoife agus ag a máthair.

Nuair a tháinig Máire abhaile ní raibh deoraí san áit. Chuimhnigh sí go raibh a máthair agus Sam ar cuairt ar an mbaile. Agus bhí an cúpla imithe abhaile le cairde leo tar éis na scoile. Chonaic sí cóta Eddie ag bun an staighre. Tháinig meall ar a croí nuair a thuig sí go gcaithfeadh sí píosa cainte a dhéanamh leis. Chuaigh sí chomh fada leis an seomra suite. Bhí Eddie ag srannadh leis.

'Mór an mhaith,' arsa sí. Chuaigh sí suas staighre. Isteach léi ina seomra. B'fhéidir go nífeadh sí a cuid gruaige mar ní dhearna sí sin sa chith sa linn snámha. Bhí sé ródheacair í a thriomú agus ní raibh cuma ná caoi ar na triomadóirí gruaige sna seomraí gléasta.

Dhún sí doras an tseomra go ciúin ina diaidh. Bhí tuirse na traenála uirthi. Chaith sí a bróga faoin leaba agus shín sí siar. Ba bhreá an rud dul a chodladh ach bhí an iomarca le déanamh aici: a cuid gruaige a ní, a cuid obair bhaile a dhéanamh, agus cúnamh a thabhairt dá máthair nuair a thiocfadh sí isteach, ar ndóigh. D'éirigh sí den leaba bhog agus thosaigh sí ag baint di a héide scoile. Nuair a bhí idir gheansaí, sciorta, bhlús agus stocaí bainte di aici sheas sí os comhair an scátháin ag déanamh iontais dá cuid fo-éadaigh nua. Airgead a thug Mamó di cúpla seachtain roimhe sin le rud a cheannach di féin. Fo-éadach ab fhearr léi, mar an méid a bhí aici bhí siad caite tarraingthe tar éis a nite míle uair. B'fhearr léi slacht a bheith uirthi i láthair na gcailíní eile sna seomraí gléasta ag an linn snámha. Dath *champagne* a thug bean an tsiopa air. Bhí sé san fhaisean. Agus is deas a tháinig sé le snua agus le cneas Mháire, dar le bean an tsiopa, agus í ag tomhas a brollaigh féachaint go mbeadh an tomhas ceart aici. Bhí siad beagán níos daoire ná an rud a chleacht sí, ach ba mhór an spórt iad agus chuir siad an-slacht uirthi. Sin é ba thábhachtaí agus tú ag ceannach fo-éadaigh, a dúirt bean an tsiopa. Le linn di a bheith ag féachaint uirthi féin smaoinigh sí ar Greg Dillon. Meas tú an dtaitneodh an dath *champagne* leisean?

D'ardaigh sí a ceann go tobann le breathnú siar uaithi sa scáthán. Chonaic sí an doras ag oscailt go mall. Chas sí i dtreo an dorais díreach agus Eddie ag siúl isteach. Sheas sí ina staic.

'A Mháire. Bhí mé ag ceapadh go raibh tú istigh.'

Bhí rian an óil ar a chuid cainte agus an chuma ar fad air go raibh sé fós leath ina chodladh. Bhí an ghruaig smeartha greamaithe dá bhaithis. Bhí cnaipe a threabhsair ar oscailt. Nuair a chuala Máire a ghlór rug sí go tapa ar a gúna oíche agus chuir sí uirthi faoi dheifir é.

'Ná cuir snáth ar bith ort féin, a stóirín. B'fhearr le hEddie thú a bheith i do chraiceann.'

Chuaigh an fuacht go croí inti. Bhí sí ag iarraidh rud éigin a rá. Rud ar bith a choinneodh siar uaithi é. Ach bhí tocht uirthi. D'oscail sí a béal ach focal níor tháinig amach. Shíl sí coiscéim siúil a dhéanamh le héalú uaidh ach bhí sí fuaite don urlár. Is beag nach fonn gáire a bhuail ansin í. Ach ní raibh gáire ar bith inti. Ba léir di céard a bhí ar intinn aige agus é ag déanamh uirthi. Bhí sé ag tógáil an dá thaobh. Thuig sí go raibh sé dallta ar meisce, ach fós féin d'éirigh leis an treabhsar a bhaint de féin.

'Is fada mé ag fanacht leis seo, a striapaichín.'

'Nach éasca a chaitheann fear óltach an treabhsar de,' arsa Máire léi féin.

'Tabharfaidh mise rud breá duit anois, a Mháire, a chroí.'

Bhí an drúis ina ghlór. Bhí sé ag fáscadh an dá lámh ar a chéile. 'Nach é atá mall,' arsa Máire léi féin. Ní hé gur seomra an-mhór a bhí ann. Ach d'airigh sí an gúna oíche á tharraingt aníos thar a guaillí.

'Stop, stop, stop, le do thoil!'

Chuala sí a scréach féin i bhfad uaithi. Chuala sí lása ar dhath seaimpéin á stróiceadh. D'airigh sí na méara salacha á mbá féin ina cuid gruaige. D'airigh sí an anáil bhréan go te ar a héadan. D'airigh sí pian ar a béal chomh géar le scian. Nuair a d'airigh sí an lámh bhuail taom í. Phléasc an neart inti agus rinne sí ionsaí ar an té a bhí á héigniú. Dhún sí a dhá dorn agus thug sí dó iad gan srian. Chuala sí duine ag caoineadh os ard i bhfad uaithi ach ba chuma léi mar bhí an racht féinchosanta róláidir. Thosaigh an neart ag imeacht aisti. Shíl sí gur chuala sí glór mná ag rá a hainm agus ansin ligeadh chun urláir í go cloíte. Ní raibh ardú na méire inti. Stop an torann agus an screadach agus chonaic sí Eddie ag éalú leis. Dhún sí na súile. Bhí duine éigin ag baint croite aisti. D'oscail sí na súile agus chonaic sí a máthair os a cionn. Buíochas mór le Dia, arsa sí léi féin. Buíochas mór le Dia gur tháinig sí in am.

'Éirigh i do sheasamh, a bhitchín.'

Bhain an chaint sin stangadh as Máire.

'Éirigh i do sheasamh.'

Ghéill sí don ordú agus bhailigh sí a cuid éadaigh chuici chun í féin a chlúdach.

'Nach dána go deo thú, a raicleach!'

Bhí an chuma ar a máthair go raibh sí ar tí í a mharú.

'Nach minic a chonaic mé thú. Chonaic mé thú á mhealladh. Síleann tú go bhfuil tú cliste, ach níl ionat ach striapach.'

Ní raibh smid chainte ag Máire. Níor thuig sí ó thalamh an domhain céard a bhí á rá ag a máthair. Bhí Eddie bailithe leis. Ní féidir nár thuig a máthair an rud a tharla. Ach bhí Úna Bhreatnach spréachta.

'Pacáil do chuid rudaí ar an bpointe boise. Ná feicim anseo arís thú go deo. Croch leat. Is cuma liom cá rachaidh tú.'

'Ach a Mhama . . . !'

'Tá caint anois agat, a bhitchín. Ní chuirfidh tú dallamullóg ormsa. Tá a fhios agamsa cén cineál tú féin.'

Níor thuig Máire ó Dhia céard a bhí ag tarlú. Ach thuig sí nach n-éireodh léi an scéal a mhíniú dá máthair. Bhí sí meallta ar fad ag an mbithiúnach.

'A Mhama, éist liom. Le do thoil! Eisean a rinne é . . . !'

'Dún do bhéal. Tuigimse an scéal go maith. Bí imithe ón áit seo sula mbíonn uair an chloig eile caite.'

Rinne a máthair ar an doras ach sula ndeachaigh sí amach chas sí timpeall agus bhreathnaigh sí ar a hiníon. Chonaic Máire na deora agus shíl sí go raibh trua aici di.

'Tá mé i ngrá leis.'

Aníos ó thobar an chroí a tháinig an abairt sin, ag iarraidh maithiúnais ar an iníon. Chas Máire a ceann i leataobh. Ní bhreathnódh sí sna súile ar an té a bhí á daoradh. Dhún Úna Bhreatnach an doras de phlimp ina diaidh.

* * *

Stop an carr taobh amuigh d'árasán Diane. D'fhan sí féin agus Greg sa scoil ar feadh tamaill ag ól tae le Siobhán Ní Chárthaigh, an múinteoir spóirt. Rinne siad píosa spéisiúil cainte le chéile faoi na buntáistí agus faoi na míbhuntáistí a bhaineann leis an gcomhoideachas agus leis an oideachas príobháideach. D'imigh uair an chloig thart sular thóg siad ceann den am. Bhí Diane dúr go leor inti féin ar an mbealach ar ais agus níor thug sí ach freagra giorraisc ar Greg uair ar bith a d'fhéach sé le caint a bhaint aisti. Ní raibh cor aisti anois ach í ina suí go righin ag breathnú roimpi bíodh is go raibh an carr stoptha. Bhí Greg bréan den ealaín sin.

'Céard atá ort, a Diane?'

'Tada.'

'Abair amach é. Tá rud éigin ag déanamh buartha duit.'

Chas sí chuige. Bhí an tintreach úd ina dhá súil agus cuma an oilc uirthi.

'Ní maith liom an bealach atá leis an gcailín sin.'

'Cén cailín?' arsa seisean go soineanta, mar dhea.

'Cén cailín! Máire bheag, a Greg. An cailín sin gan náire a lig mise ar an bhfoireann snámha, faraor.'

Chonaic Greg an fuath ina héadan agus scanraíodh é.

'Agus céard a rinne sí ort?'

'Céard, muis! An chaoi a labhraíonn sí leis an mbeirt againne. Do do mhealladhsa le dul ar an leaba léi agus gan meas madra aici ormsa. Is fuath liom í.'

'Tá tú ag dul thar fóir ar fad,' arsa Greg.

'Meas tú? An bhfaca tú an chaoi a mbreathnaíonn sí ort? Tá sí faoi gheasa agat agus is fuath léi mise mar síleann sí go bhfuil rud eadrainn.'

Ní ligfeadh an faitíos do Diane an fhírinne ar fad a insint dó. Ní fhéadfadh sí a rá leis go raibh eagla uirthi rud a bheith idir é féin agus Máire. A rá leis gur maith a thuig sí an rud a chonaic sí i súile Mháire. A rá leis an fhírinne a admháil dó féin. Ní fhéadfadh sí tada a dhéanamh ach fainic a chur air.

'Bí cúramach, a Greg, nó beidh tú thíos mar gheall ar fhantaisíocht an chailín sin.'

'Ná bí ag seafóid, a Diane. Tá an iomarca samhlaíochta agat.'

Bhí sé beagán corraithe agus b'fhearr leis gan labhairt ar Mháire ar fhaitíos a chuid mothúchán a nochtadh do Dhiane. Chaithfí sin a cheilt.

'Tá súil agam é,' arsa sise.

Chrom Greg ina leith agus phóg sé go tláith í ar a béal.

'Seo, a Diane, ná bac léi. Cogar, an dtiocfá abhaile liom le haghaidh deireadh seachtaine ag deireadh na míosa? Ba bhreá le Mam aithne a chur ort. Céard a déarfá?'

D'éirigh a croí le háthas nuair a chuala sí an méid sin.

'An bhfuil tú dáiríre?'

'Cinnte, táim. An dtiocfaidh tú?'

'Tiocfaidh. Ba bhreá liom d'áit dúchais a fheiceáil agus do mhuintir.'

'Tá go maith. Labhróidh mé le mo mháthair. Is dócha go gcaithfidh sí an deireadh seachtaine seo chugainn ag glanadh agus ag réiteach faoi do choinne.'

'Abair léi gan stró a chur uirthi féin.'

'Ceart go leor. Ach ní thabharfaidh sí aird ar bith orm.'

'Go raibh maith agat, a Greg.'

Bhí an saol ina cheart arís agus bhí Greg sásta go raibh scéal Mháire pléite.

'An dtiocfaidh tú aníos le haghaidh cupán tae, a Greg?'

B'fhearr le Diane tamall eile a chaitheamh ina chuideachta.

'Ní anocht. Tá an t-uafás marcála le déanamh agam.'

Bhí díomá ar Diane. Ach b'fhearr le Greg a bheith leis féin anocht.

'Ceart go leor. Feicfidh mé amárach thú, mar sin.'

'Feicfidh, cinnte. Slán, a stór.'

Phóg sé go milis í arís eile agus amach léi as an gcarr. Thiomáin sé leis an uair seo gan breathnú uirthi ag dul suas na céimeanna.

* * *

Bhí Lisa ag breathnú ar Chiarán agus é ina shuí ar cholbha na leapa. Bhí dath buí ar a cholainn láidir fós tar éis thuras na Spáinne agus cúpla seisiún ar an leaba ghréine, ba dhóigh léi. Bhí áthas uirthi gur rith sé léi iasacht an árasáin a iarraidh ar Éilís don tráthnóna. Is iomaí gar a rinne sí féin agus Éilís dá chéile. Smaoinigh sí ar Chiarán arís. Bhí sé an-dathúil agus ní raibh scáth ná eagla air roimh an saol. Sin rud a mheall ina threo í an chéad uair. Ach shíl sí gurbh fhéidir gur cur i gcéill a bhí sa mhisneach sin ar fad agus gur dhuine éiginnte é Ciarán ina chroí istigh. Is maith a thuig sé gur le Denise an t-airgead agus gur iníon le feirmeoir mór í. Mac le múinteoir scoile agus le bean tuaithe a bhí ann féin, agus is beag de mhaoin an tsaoil a bhí ar an teallach acu. Ghoill na rudaí sin air.

Shuigh Lisa aniar. Bhí sí brúite briste tar éis an phaisin

agus an ghrá ach bhí pléisiúr sna pianta. Is maith an céile leapa a bhí i gCiarán agus bhí sé ar fheabhas inniu. B'fhéidir gur ag iarraidh rud a chruthú di a bhí sé tar éis an ruda a dúirt sí faoi Howard. Chonaic sé í ag féachaint air.

'An bhfuil sé sin ina shocrú, mar sin?'

'Céard?'

'Feicfimid a chéile san óstán i gceann coicíse.'

'Cinnte. Go hiontach.'

'An bhfuil an t-am againn le cith a bheith againn?'

Bhí an bheirt ar maos san allas.

'Tá. Ceann sciobtha.'

'In éineacht ab fhearr, mar sin,' arsa seisean.

'Ceart go leor,' arsa sise, 'agus tosú arís ansin?'

'Stop, a Lisa. Ag iarraidh mé a mharú atá tú?'

'Níl mé ach ag magadh. Beidh neart ama againn san óstán i gceann coicíse.'

'Go bhfóire Dia orm,' arsa seisean, ag ligean air féin.

'Tar isteach sa chith, a dhiabhail, nó beimid mall.'

Lean Lisa isteach sa seomra folctha é. Is fada fada ó bhí oiread sin spraoi aici.

* * *

Tar éis di Máire a thabhairt abhaile agus Aoife a fhágáil ag an teach, dúirt Denise léi féin go rachadh sí chuig an mbaile mór le Tadhg a fheiceáil. Bhí obair bhaile le déanamh ag Aoife agus bhí a fhios aici nach mbeadh Ciarán sa bhaile go ceann tamaill. Agus bhí a fhios aici go mbeadh Tadhg i mbun oibre cheana féin, ag réiteach do chlub na ngasúr anocht. Thaitin sé léi bualadh isteach san ionad le haghaidh cupáin tae. I dtús ama, shíl sí gur theastaigh leithscéal uaithi le bualadh isteach chuig a cara. Ach tar éis di dul ann timpeall sé huaire ó bhí an chóisir i Ros Ard, ba chuma gan údar ar bith aici ach a cara a fheiceáil. Bhíodh comhrá suimiúil acu i gcónaí.

Nuair a shiúil sí isteach, bhí Tadhg ag deisiú bord leadóige boird.

'Bail ó Dhia ar an obair.'

Bhí ríméad air í a fheiceáil.

'Cé hí an strainséir seo?'

'Strainséir?'

'Is ea. Ní fhaca mé thú le . . .'

'. . . dhá lá.'

Rinne an bheirt gáire go haerach.

'Ag siopadóireacht a bhí tú?'

'Is ea, ar bhealach. Bhí uaigneas orm sa teach. Tá Ciarán ag obair. Tá Aoife ag déanamh a cuid obair scoile. Tá Nan gnóthach. Thug mé Aoife abhaile ar ball ach ní raibh fonn cainte uirthi. Tá a fhios agat féin.'

Thug Tadhg faoi deara go raibh Denise míshásta inti féin le roinnt seachtainí anuas. Ba chosúil go raibh sí bréan den saol.

'Céard atá cearr, a Denise?'

'Tada. Cén fáth?'

'Níl tú socair ionat féin.'

'Aithníonn tú orm é.'

Shuigh Denise síos le tuilleadh a rá.

'A, níl a fhios agam. Níl maith do thada ionam. Bean uasal ag caitheamh a cuid ama ag siopadóireacht agus ag fústráil. Ní bhíonn orm glanadh ná níochán a dhéanamh ná bia a réiteach ach go hannamh. Ní bhíonn le déanamh agam ach suí thart go deas béasach.'

'Tá tú ag caitheamh i ndiaidh do chuid oibre.'

'Is deacair a rá tar éis cúig bliana déag. Ba mhaith liom rud le déanamh, cinnte. Níl Aoife ag brath orm níos mó agus ní raibh Ciarán ag brath orm riamh.'

'Nach cúnamh duit mise?' arsa Tadhg go séimh.

Rinne Denise meangadh leis.

'Is mór an cúnamh thú, dá mbeadh a fhios agat é. Chuir tú mé ag smaoineamh orm féin faoi dheireadh. Ach an rud maith é sin, sin í an cheist?'

'Is rud maith é, cinnte,' arsa Tadhg go láidir. 'Is bean chiallmhar, chumasach atá ionat. Caithfidh tú a thuiscint go bhfuil níos mó sa saol ná suí thart.'

'Nach furasta duitse labhairt mar sin, a Thaidhg. Tá tú óg.'

'Agus níl tú féin róshean. Tú féin a dúirt é: níl duine ar bith ag brath ort feasta. Caithfidh tú rud eile a fháil le déanamh.'

Bhreathnaigh sé arís uirthi agus rinne sé machnamh. Ba léir gur theastaigh rud le déanamh uaithi. Ní duine í a shuífeadh ar an gclaí.

'An bhfuil aiféala ort gur stop tú ag obair?'

'Níl,' arsa sí go cinnte. 'An t-am ar rugadh Aoife ní théadh gach bean ar ais ag obair tar éis páiste a chur ar an saol. Téann go leor sa lá atá inniu ann. Ach bím ag rá liom féin ó am go chéile gur cheart dom fanacht bliain nó dhó eile. Bhí an páiste agam chomh luath agus a pósadh mé. Ar aon nós, ní raibh Ciarán ag iarraidh orm bheith ag obair.'

'Bhí an t-ádh geal leat nach raibh an t-airgead ag teastáil.'

'Bhí, is dócha. Bhí rud le cruthú ag Ciarán, an dtuigeann tú? Bhí sé ag iarraidh a chruthú go bhféadfadh sé mise a choinneáil. Bhí a fhios aige ar feadh an ama gur liomsa níos

102

mó ná leath an tí—coinníoll a chuir m'athair leis nuair a thug sé ina bhronntanas pósta dúinn é.'

'Tabhair bronntanas pósta air,' arsa Tadhg, agus smaoinigh sé ar Ros Ard uasal galánta.

'Is ea. Ba le muintir m'athar fadó é. Seanaintín nár phós riamh a d'fhág ag m'athair é. Ní raibh deartháir ná deirfiúr aige. Nuair a bhí an fheirm aige, thug sé dá iníon agus dá fear é. Mise an t-aon duine clainne air. Ach mar a deirim, tá coinníoll ann. Is liomsa dhá thrian de, agus is le Ciarán an trian eile. Is dócha gur thuig Dad an t-am sin féin cén cineál é Ciarán.'

Bhí cuma an-bhrónach uirthi. Labhair Tadhg go cneasta.

'Gheobhaidh tusa an teach, mar sin, má scarann sibh.'

'Níor chuimhnigh mé air sin. Ach tá a fhios agam nach féidir leis an teach a dhíol gan cead uaimse.'

Ní dúirt ceachtar acu rud ar bith ar feadh cúpla nóiméad.

'Tá brón orm, a Denise. Cuireann mo chuid ceisteanna gruaim ort, tá faitíos orm.'

'Ní chuireann, muis, a Thaidhg. Tá mé ag smaoineamh ar mo chás féin den chéad uair le fada agus ag iarraidh rudaí a shocrú dom féin.'

'Tá rud mór le socrú anois agat, déarfainn.'

'Céard é féin?' arsa Denise agus cuma imníoch uirthi.

'Dul amach liomsa le haghaidh béile an tseachtain seo chugainn.'

Rinne Denise gáire.

'Ceart go leor, mar sin. Tháinig tú aniar aduaidh orm. Tiocfaidh mé leat. Cad chuige nach dtiocfainn, is dócha?'

'Go díreach glan,' arsa Tadhg, agus áthas an domhain air.

*   *   *

Bhí meascán mearaí ar Greg agus é ag teacht ó árasán Diane. Bhí áthas air gur éirigh leis a croí a ardú arís— b'fhuath leis troid. Ach ba dheacair dearmad a dhéanamh ar an olc a bhí uirthi agus iad ag caint ar Mháire. 'Drochrath ar an gcailín sin,' arsa sé leis féin. Bhí sí ag cur isteach ar a shaol gach lá. Bhí sí le feiceáil gach áit. Sa linn snámha. Áit ar bith a raibh cailín rua. Ina chuid brionglóidí. Go mór mór ina chuid brionglóidí, agus ina chuid smaointe agus é ina dhúiseacht i lár na hoíche.

'Dia linn, sin í arís í,' arsa sé os ard nuair a chonaic sé an cailín rua agus cás ina lámh aici. Bhreathnaigh sé sa scáthán.

'Sin í Máire,' arsa sé le hiontas.

Bhí cuma chomh fiáin uirthi is gurbh éigean dó an carr a stopadh. Nuair a tháinig sí chomh fada leis d'oscail sé an fhuinneog.

'A Mháire, cá bhfuil tú ag dul?'

Ní dúirt sise tada ach lean sí uirthi ag siúl. Léim seisean amach as an gcarr agus chuaigh sé ina diaidh. Rug sé greim uillinne uirthi ionas gurbh éigean di féachaint air. Bhí lorg na ndeor uirthi. Bhí marc dearg ar a leiceann agus bhí a béal gearrtha.

'A Mháire, céard a tharla?' arsa seisean chomh cneasta is gur thosaigh sí ag gol arís.

'Seo, gabh isteach sa charr. Tá na daoine ag breathnú orainn.'

Chonaic sé an t-iontas a bhí ar na daoine agus iad ag dul an bealach.

Tháinig Máire leis. Bhuail Greg bóthar. Cheistigh sé arís í.

'An féidir leat a rá liom anois céard atá cearr?'

Thosaigh Máire ag caoineadh go cráite. Bhí Greg i bponc.

Bhí sé in aice leis an gcarrchlós, agus chas sé an carr isteach ann. Stop sé an carr agus chas sé le breathnú uirthi. Bhí sí éirithe as an gcaoineadh arís. Chonaic sé na marcanna dearga ar a muineál chomh maith.

'Abair liom céard a tharla, a Mháire, le do thoil. Cé a rinne é seo ort?'

'Eddie.'

'Eddie? Cé hé Eddie?'

'*Boyfriend* Mhama.'

'Bhuail sé thú, ar bhuail?'

Ní dúirt Máire tada. Bhris na deora faoina súil arís agus shil siad go flúirseach síos a dá leiceann. Bhí creathán ina béal agus chuala Greg an tocht a bhí uirthi. Ar éigean a chuala sé na focail.

'Ní hea. D'ionsaigh sé mé.'

D'airigh Greg an cuthach ag teacht air féin. Thuig sé an nóiméad sin céard a bhíonn i gcroí an té atá ar tí duine a dhúnmharú. Ach nuair a bhreathnaigh sé arís uirthi ag caoineadh go ciúin d'imigh an cuthach agus tháinig an trua ina áit. Tháinig sin agus rud eile fós, rud a thug air a dhá lámh a cheangal timpeall uirthi go docht.

'Ná bí ag caoineadh, a Mháire, tá tú sábháilte anois.'

Lig sí í féin leis nuair a chuir sé cogar bog séimh ina cuid gruaige. Rug sé go deas réidh ar a héadan agus chas sé a ceann chuige. Chuimil sé a mhéar den ghortú ar a héadan.

'Ar éirigh leis . . . ?'

'Níor éirigh,' arsa sise sular chríochnaigh sé an cheist.

'Buíochas mór le Dia.'

Ní dúirt Máire tada faoi na huaireanta eile. Bhí faitíos uirthi go ndéanfadh Greg rud éigin dá mbeadh an scéal ar fad aige. Ní raibh neart air ach fanacht le súil go mbeadh deis aici amach anseo a scéal féin a insint dó ó thús deireadh chun go mbeadh aithne cheart aige uirthi.

Bhreathnaigh Greg sa dá shúil uirthi. Ní fhaca sé súile chomh hálainn ná chomh haoibhinn leis na súile sin riamh, fiú anois agus lorg na ndeor orthu. B'fhurasta é féin a bhá sna súile sin agus léargas a fháil ar a croí agus ar a hanam. D'fháisc sé chuige í agus thug sé faoi deara go raibh sé ag slíocadh a cuid gruaige. Chlúdaigh sé a éadan leis an mboladh úr sin, thiontaigh sé agus chuimil sé a bhéal féin den áit a raibh gortú ar bhéal Mháire. Chuimhnigh sé air féin chomh tobann is a sháfadh duine scian sa droim air. Scaoil sé a ghreim láithreach. Bhí sé ag déanamh an ruda cheannann chéanna is a rinneadh uirthi tamall roimhe sin—cé nach go garbh é.

'Dia linn 's Muire, a Mháire. Gabh mo mhíle leithscéal.'

Chonaic sé an cheist ina súile.

'Ag iarraidh sólás a thabhairt duit a bhí mé. Tá fíorbhrón orm. Níor cheart dom sin a dhéanamh.'

Bhí scéin ar Greg mar gheall ar an rud a bhí déanta aige agus d'aithin Máire an faitíos ina ghlór. Thosaigh sí ag gol arís. Ní raibh a fhios ag Greg céard a dhéanfadh sé agus líon a chroí le huafás. Uafás faoin ngníomh míchúramach a rinne sé. Chuala sé glór Diane i gcúl a chinn. An mbeadh ábhar fantaisíochta ag Máire anois, meas tú?

Chuala sé í ag caoineadh. Ghabh sé a leithscéal arís.

'Níl a fhios agam céard a bhí orm, a Mháire. Tá fíorfhíorbhrón orm. Geallaim duit nach dtarlóidh sé go brách arís. Bhí mé oibrithe faoi mo dhuine, Eddie. Níor chuimhnigh mé orm féin. An maithfidh tú dom é? Ní raibh mé ag iarraidh thú a ghortú.'

'Níor ghortaigh tú mé,' arsa sise.

Ní dúirt ceachtar acu focal go ceann tamaill.

'Cá rachaidh tú anois?'

'Chuig mo Mhamó.'

'Agus na gardaí?'

'Céard faoi na gardaí?'

'An bhfuil tú chun aon rud a rá leo?'

'Níl.'

'Ach a Mháire . . .'

'Níor tharla tada.'

'Níor tharla,' arsa Greg leis féin. Ach oiread is a tharla anois díreach.

'Ní dhéarfaidh mé tada,' arsa Máire, amhail is dá mba léir di a chuid smaointe.

'Céard faoi?'

'Faoi seo.'

'Go raibh maith agat.'

Bhí iontas ar Greg chomh haibí is a bhí sí.

'Tabharfaidh mé chuig do Mhamó thú, más mian leat.'

'Ceart go leor.'

D'inis sí dó cá raibh an teach agus thosaigh sé an carr. Bhí sé ag creathadh go dona agus ní raibh a fhios aige cén chaoi ar éirigh leis an carr a thiomáint. Shroich siad an áit faoi dheireadh gan tuilleadh a rá le chéile. Stop sé ar an tsráid ar aghaidh na dtithe.

'An mbeidh tú ceart go leor anseo?'

'Beidh. Tabharfaidh Mamó aire dom.'

'Tá go maith.'

Bhreathnaigh sé uirthi. Chinn an chaint air.

'Sin é, mar sin,' arsa sé go bacach.

'OK.'

'Feicfidh mé ar scoil thú. Fan sa bhaile ar feadh cúpla lá nó go mbeidh biseach ort.'

'Ceart go leor. Slán anois.'

'Slán, a Mháire.'

'Go raibh maith agat as an síob.'

'Fáilte.'

Bhreathnaigh sé uirthi á tarraingt féin aníos an cosán agus an cás i ngreim aici. Bhí fonn air racht caointe a ligean. Cén diabhal a bhí air go ndearna sé rud chomh seafóideach agus chomh míchúramach sin? Ach is maith a bhí a fhios aige. B'fhurasta dó titim i ngrá le Máire Bhreatnach.

Caibidil 6

Bhreathnaigh Máire ar an gclog. Fiche tar éis a dó dhéag. Bhí uair an chloig aici go dtiocfadh an bus.

'Ar léigh tú an litir?' arsa Mamó.

'Léigh,' arsa sí.

'Ní raibh mórán le rá aici.'

'Ní raibh. Ní scríobhfadh sí ar chor ar bith murach go bhfuil a fhios aici go bhfuil uaigneas orm i ndiaidh Sam.'

'Is dócha.'

Chuir Mamó cuma smaointeach uirthi féin.

'Bhí mé féin in Birmingham uair amháin. Chuaigh mé ann le do Dhaideo. Phós deirfiúr leis thall. Diabhal mórán suime a bhí agam san áit. Ach shílfeá go bhfuil siad sásta ann.'

'Is cosúil go bhfuil.'

'Tá deartháir leis ann, nach bhfuil?'

'Sílim é.'

Bhí Úna Bhreatnach, Eddie agus na gasúir imithe go Sasana le coicís. Bhí siad ina gcónaí in árasán agus bhí Eddie ag déanamh gach iarracht le hobair a fháil, de réir litir Úna. Ba léir d'Eileen Bhreatnach go ndearna an trioblóid ar fad le hEddie dochar do Mháire thar mar a lig sí uirthi féin.

Sin agus imeacht a máthar agus na ngasúr. Ba chuimhin léi an chuma a bhí ar a gariníon nuair a tháinig sí chuig an teach tar éis d'Eddie an t-ionsaí a dhéanamh uirthi. Chuaigh sí bog agus crua uirthi ligean di fios a chur ar na gardaí, ach ní ghéillfeadh Máire orlach. Nuair a chonaic sí chomh suaite is a bhí Máire, agus ó tharla nach raibh sí gortaithe go dona, d'fhág sí an scéal mar a bhí. Ach go deo na ndeor ní dhéanfadh sí dearmad ar na drochbhrionglóidí a bhí ag an gcailín bocht an oíche sin agus í ag caoineadh taobh léi sa leaba.

Chuaigh Eileen ar cuairt chuig a hiníon ar maidin an lá dár gcionn. Ach ba thuras in aisce a bhí ann. Ar Mháire a bhí an milleán ar fad, dar le hÚna. Ise a tharraing uirthi féin é. Fear bocht lag ab ea Eddie agus mianta nádúrtha a bhí aige. B'fhearr do Mháire cónaí le Mamó feasta ó bhí rún acusan dul agus cónaí i Sasana. Nach fada a bhí Mamó ag iarraidh ar Mháire teacht chun cónaithe léise?

Bhreathnaigh sí ar Mháire arís.

'Cén dochar? B'fhéidir go bhféadfá Sam a fheiceáil i rith na laethanta saoire.'

'Ní cheapfainn é, má bhíonn mo dhuine thart.'

Bhí trua an domhain ag Eileen do Mháire. Ní raibh gíog aisti le coicís agus bhí sí an-mhíshásta inti féin. Shíl an tseanbhean go raibh rud eile ann seachas an íde a thug Eddie di agus imeacht a máthar agus na ngasúr. Bhí imní ar Eileen mar gheall uirthi.

'Cén t-am a mbeidh tú ag dul suas chuig an gcailín sin?'

Bhí sí ag iarraidh caint a bhaint aisti.

'Ag a dó. Gheobhaidh mé an bus ag leathuair tar éis a haon.'

'Nach deas uathu thú a iarraidh ann?'

110

'Nach deas, muis.'

Ní róshásta a bhí Máire faoin dearcadh a bhí ag a Mamó faoin gcuireadh a fuair sí chuig Ros Ard. Dar le hEileen Bhreatnach gur pribhléid a bhí ann—clann a hiníne á hiarraidh tigh Uí Dhónaill. B'fhuath le Máire an umhlaíocht sin a bhí ag baint lena máthair mhór. Bhí sí féin chomh maith céanna le hAoife. Fós féin, ba mhór le Máire an cairdeas a bhí eatarthu. Bhí an cairdeas sin ag fás ó sheachtain go seachtain. Níor mhínigh Máire di cén fáth ar imigh a máthair, dáiríre. Agus shocraigh sí gan an scoil ná an linn snámha a thaobhú nó go gcneasódh na marcanna a bhí uirthi. Bhí sí an-neirbhíseach ag dul ar ais ar scoil mar ní raibh a fhios aici céard a déarfadh sí le Greg Dillon. Nuair a bhí sí i gceartlár na stoirme d'éirigh an croí inti nuair a chuir sé barróg uirthi. Ach d'imigh an dóchas sin le gaoth nuair a ghabh sé míle leithscéal léi. Bhí sí cinnte faoin am seo go raibh grá ag an mbeirt acu dá chéile.

Chuir sé fios uirthi láithreach nuair a chuaigh sí ar ais ar scoil le rá léi arís go raibh brón air agus le meabhrú di cé chomh tábhachtach is a bhí sé an scéal a choinneáil ina rún. Gheall sise nach ndéarfadh sí focal. Ní ligfeadh an faitíos di an scéal a insint nó bheidís ar fad ag magadh fúithi. Agus níor mhaith léi an saol a scrios airsean ach oiread: is maith a thuig sí cé chomh tromchúiseach is a bheadh an scéal dá bhfaigheadh na húdaráis eolas air. D'éirigh sí ina seasamh.

'B'fhearr domsa mé féin a réiteach. Níor mhaith liom a bheith mall.'

'Tá go maith, a leanbh,' arsa Mamó.

* * *

Chuimil Denise an bróiste go bog sular chuir sí ar a blús é. Is deilf a bhí ann, déanta as cloch ildaite. Ní bhfuair sí bronntanas mar sin leis na blianta agus gan ócáid faoi leith ann. Chuimhnigh sí ar an meangadh mór a bhí ar Thadhg agus é ag breathnú uirthi ag oscailt an bhosca. Chonaic sí a scáil féin sa scáthán agus thug sí faoi deara go raibh meangadh gáire uirthi féin agus í ag smaoineamh siar air. Bhain sí an-taitneamh as an oíche sin seachtain ó shin. Bhí sí dílis dá gealltanas agus chuaigh sí le haghaidh béile in éineacht le Tadhg. Thug sé í chuig *bistro* beag Francach ar cheann de shráideanna cúlráideacha an bhaile agus chaith siad béile álainn ansin ar a suaimhneas. Is fada fada ó bhí oiread sin spraoi aici. Chaith siad cuid mhór den oíche ag caint agus ag comhrá. Dúirt sí rudaí leis nach ndúirt sí cheana le duine ar bith, bíodh is gur smaoinigh sí orthu.

D'admhaigh sí gur dhóigh léi cumann a bheith idir Ciarán agus Lisa. Thuig Tadhg gur ghoill sin go trom uirthi. Níor ghoill sé uirthi gurbh fhéidir go raibh Ciarán mídhílis, ach gurbh í a hanamchara Lisa a bhí i gceist. D'fhiafraigh sí de Thadhg ar thug sé rud ar bith faoi deara oíche na cóisire. Dúirt Tadhg go raibh an chuma air go raibh siad mór le chéile. Ar an taobh eile den scéal ba dheacair dósan mórán a rá mar ní fhaca sé riamh ach uair amháin iad. Níor mhaith leis insint di nach bhfaca Colin dé ná deatach orthu am *siesta* ná i rith oícheanta meirbhe na Spáinne. Mhol Tadhg di Ciarán a chaitheamh i dtraipisí agus filleadh ar a cuid oibre féin. Is í Aoife an leithscéal a bhí ag Denise gan sin a dhéanamh. Ach thuig Tadhg gur easpa misnigh an chúis, i ndáiríre.

'Cén straois í sin ort?'

Níor thug Denise faoi deara go raibh Ciarán in aonseomra léi go dtí gur labhair sé léi.

'Cuimhní cinn,' arsa sise.

'Ó,' arsa Ciarán, agus chroch sé na malaí. 'Ghlaoigh Lisa ar ball beag. Beidh sí féin agus Terry anseo anocht.'

Chuir Denise pus uirthi féin. Bhí sí ag súil le cuairt Mháire agus í breá sásta go raibh cara eile ag Aoife. Mhillfí gach rud anois orthu.

Níor fhreagair sí Ciarán ach bhraith sé an fuacht inti.

'Beidh sé go deas iad a fheiceáil,' ar sé.

'Is tú a bheidh sásta.'

'Céard atá i gceist agat?'

'An rud a dúirt mé. Tugaim faoi deara chomh haerach is a bhíonn tú nuair a bhíonn sí sin thart.'

'Í sin, an ea? Lisa a thugann tú uirthi de ghnáth. Agus Lisa dhil, go deimhin.'

'Sin sular thuig mé cén cineál í féin. Shíl mise gur cara liom í.'

Shiúil Ciarán ina leith.

'Céard go díreach atá tú ag rá, a Denise?'

Rug sé greim rosta uirthi agus d'fháisc sé go crua í. Chrom sé a cheann agus chuir sé an dá shúil tríthi.

'Seachain an ndéarfá rud nach féidir a chruthú, a stór.'

D'fháisc sé a lámh arís. Rinne sé gáire ansin agus bhrúigh sé i leataobh í.

'Bí cinnte agus cuir fáilte mhór roimh na cuairteoirí.' Chas sé ar a sháil agus é ag dul amach an doras.

'Rud eile, a Denise, bain an bróiste sin de do bhlús. Beidh daoine ag ceapadh gur ag oscailt craicear Nollag roimh Nollaig a bhí tú.'

Dhún sé an doras go réidh ina dhiaidh ach chuala Denise an gáire a rinne sé agus é ag dul suas staighre.

* * *

Sheas an bus ar aghaidh an gheata. Chas fear an bhus a cheann.

'Beidh tú ceart anseo, maith an cailín.'

'Go raibh míle,' arsa sise agus amach léi.

D'fhan sí gur imigh an bus sula ndeachaigh sí trasna an bhóthair. Bhí na geataí móra bána ar oscailt. Bhí 'Ros Ard' greanta ar phláta óir agus solas na gréine ag glioscarnaigh air. Ar aghaidh le Máire suas an bóithrín i dtreo an tí. Lá breá brothallach faoi fhéile Mhichíl a bhí ann, agus thug Máire suntas do na bláthanna ildaite a bhí fós go flúirseach. Ní raibh an teach le feiceáil, beag ná mór, de bharr na gcrann ródaideandróin a bhí ar dhá thaobh an bhóithrín. Bhí sí ag éirí neirbhíseach de réir mar a bhí sí ag siúl léi. Ní raibh aithne ar bith aici ar athair Aoife ach chuala sí gur fear gnó é a raibh airgead mór aige.

Chas sí an coirnéal agus bhí an teach le feiceáil os a comhair. Sheas sí ina staic á fhéachaint. Bhí sé mór millteach! Ros Ard, teach mór bán agus fuinneoga gan áireamh ann, iad ar fad ag lonrú mar a bheadh seoda faoi sholas na gréine. Shiúil sí léi go fóill agus i gceann thart ar chúig nóiméad shroich sí an teach. Sular fhéad sí dul chomh fada leis an doras tháinig fear ard fionn aniar ó chúl an tí.

'Is tusa Máire, an tú?' arsa sé, á féachaint go grinn.

'Is mé.'

'Ciarán Ó Dónaill, athair Aoife.'

Shín sé lámh chuici le fáilte agus leag sé lámh ar ghuaillí uirthi.

'Tar go cúl an tí. Sa ghairdín atá Aoife.'

Choinnigh sé a ghreim uirthi agus é á treorú go cúl an tí. Baineadh stangadh as Máire arís nuair a chonaic sí na gairdíní, an linn snámha agus an chúirt leadóige.

Bhí Aoife ina suí ar leaba ghréine os comhair na ndoirse Francacha. D'éirigh sí de léim nuair a chonaic sí Máire.

'Tá tú ann,' arsa sí go cúthail.

Ba léir do Mháire gurbh é an t-athair ba chúis leis an gcúthaileacht sin agus b'ait léi mar scéal é. Scaoil Ciarán Ó Dónaill a ghreim uirthi agus chuaigh sí anonn chuig Aoife.

'Taispeánfaidh mé an teach agus na gairdíní duit,' arsa Aoife.

'Seans go bhfuil tart ar Mháire tar éis a bheith ar an mbus,' arsa a hathair.

'Ólfaimid rud éigin ar ball beag. Is dócha go dtiocfaidh Mama anuas go luath.'

Shiúil an bheirt acu lámh ar láimh.

Rinne Ciarán iontas den difríocht a bhí idir an bheirt agus iad ag siúl uaidh. Lena máthair a bhí Aoife ag dul, faraor. Ní raibh sí thar a bheith slachtmhar. Maidir le Máire, scéal eile ar fad ab ea Máire. Bhainfeadh sí an t-amharc as do shúil. Shíl Ciarán dá mbeadh sé i gcomhluadar léi go mbeadh sé faoi dhraíocht aici. Ba dheacair a rá cé acu ab iontaí fúithi: an folt gruaige, na súile síghlasa, nó an bhean óg ba léir a bhí inti. Ach an trí ní a chur le chéile, sin pictiúr nach raibh locht ná easpa air.

'An bhfuil sí anseo fós?' arsa Denise.

Mhúscail Ciarán.

'Tá.'

Chas sé agus bhreathnaigh sé uirthi. Chonaic sé go raibh an bróiste uirthi fós, ainneoin a ndúirt sé.

'Shíl mé gur chuala mé daoine ag caint.'

'Tá sí ag taispeáint na háite di.'

'B'fhearr dom deochanna fuara a chur amach.'

'Ceart go leor.'

Chuir Ciarán na cathaoireacha gréine timpeall an bhoird agus ní túisce sin déanta aige gur tháinig Aoife agus Máire.

'Agus céard a cheapfá de Ros Ard, a Mháire?'

'Is deas an áit é.'

Rinne Ciarán gáire go bródúil.

'Seo, suígí síos. A Aoife, tá do mháthair ag réiteach deochanna dúinn. Isteach leat, maith an cailín, agus tabhair cúnamh di.'

'Ceart go leor. Ní bheidh mé ach soicind, a Mháire.'

Bhain Ciarán lán na súl as Máire sular labhair sé arís.

'Le do Mhamó atá tú i do chónaí, nach ea, a Mháire?'

'Is ea.'

'Tá do mhuintir i Sasana anois.' Ráiteas a bhí ansin, ní ceist. 'Cén fáth nach ndeachaigh tú ann in éineacht leo?'

Ní raibh Máire ar a suaimhneas ar chor ar bith an chaoi a raibh sé á ceistiú go díreach agus an chaoi a raibh sé ag breathnú uirthi.

'Bhí mé ag iarraidh an Ardteist a dhéanamh,' arsa sí go briosc.

Faoiseamh a bhí ann nuair a chonaic sí Aoife agus a máthair ag teacht ar ais.

'A Mháire, do chéad fáilte, a stór,' arsa Denise chomh luath agus a chonaic sí í.

'Seo, ól deoch den liomanáid bhaile seo. Agus tabhair leat cuid de na brioscaí sin chomh maith. Fuair tú an áit gan stró?'

'Gan stró ar bith. Ag an ngeata a sheas an bus.'

'Go maith.'

'A Aoife, déarfainn go bhfuil an tráthnóna sách te le dul ag snámh,' arsa Ciarán.

'Bheadh sé sin go deas. An rachaimid ag snámh, a Mháire?'

'Cinnte, má tá an dara culaith snámha agat dom.'

116

'Tá, ar ndóigh. An ngabhfaimid ann anois?'

'B'fhearr daoibh,' arsa Denise, 'sula dtagann fuacht san aer.'

D'imigh an bheirt leo agus d'fhág siad Ciarán agus Denise ina ndiaidh go balbh.

Nóiméad nó dhó ina dhiaidh sin chuala siad fuaim na gcos ar an *bpatio*. Chas an bheirt acu timpeall. D'éirigh Ciarán de léim.

'Lisa agus Terry. Cén chaoi a bhfuil sibh?'

Shiúil sé chucu agus thug sé póg an duine dóibh. D'fhan Denise ina suí.

'Suígí chun boird,' arsa Ciarán, 'agus ólaigí braon. Déarfainn gur rud is láidre ná liomanáid atá uaibhse. Gheobhaidh mé gloiní daoibh.'

Ní dúirt Denise focal ach í ag éisteacht. Bhí Ciarán ag freastal mar a dhéanfadh fear maith tí.

'A Terry,' arsa Denise faoi dheireadh nuair a bhí an bheirt ina suí, 'is deas thú a fheiceáil arís.'

Bhreathnaigh sí ar Lisa ach níor bheannaigh sí di.

'Tá a fhios aici. Dia linn 's Muire, tá a fhios aici,' arsa Lisa léi féin agus d'éirigh an scéin ina croí.

Bhí Denise fós ag breathnú uirthi. Nó ag breathnú tríthi, ba cheart a rá. Chas sí chuig Terry arís.

Bhí Terry an-éagsúil le Lisa. Bhí sí ard, tanaí. Gruaig fhada fhionn a bhí uirthi. D'aithneodh duine fós gur mainicín a bhíodh inti.

'Cén chaoi a bhfuil ag éirí leis an scoil mhainicíneachta?' arsa Denise.

'Thar barr ar fad faoi láthair,' arsa Terry. 'Tá deichniúr cailíní agam anois agus tá agallamh le cur agam ar chúpla duine eile.'

Bhí scoil oiliúna do mhainicíní bunaithe ag Terry tar éis di dianmhachnamh a dhéanamh ar an scéal ó fuair sí colscaradh.

'Tá tú gnóthach, mar sin.'

'An-ghnóthach ar fad. Ní bheinn anseo tráthnóna murach gur chuir Lisa an-bhrú orm teacht . . . '

'Tá sí ag obair róchrua,' arsa Lisa go tobann.

'Obair chrua gnó a chur ar bun, nach ea, a Terry? Tá a fhios agat féin sin, a Lisa, mar gheall ar an *bistro*.'

Ní dúirt Lisa tada. Tháinig Ciarán leis na deochanna.

'Sláinte mhaith, mar sin, a mhná,' arsa Ciarán.

'Go mbeirimid beo,' arsa Terry.

Thug Lisa faoi deara gur fhan Denise ina tost.

Chuala siad an gáire agus an rírá sa teach agus amach le hAoife agus Máire trí dhoirse móra an *phatio*. Culaith snámha a bhí ar an mbeirt.

'Ná fanaigí rófhada san uisce,' arsa Denise, 'ar fhaitíos go dtógfadh sibh slaghdán.'

'Ceart go leor,' arsa an bheirt in éineacht agus síos leo chuig an linn de rite reaite.

'Cé hí an cailín sin in éineacht le hAoife?' arsa Terry agus iontas uirthi.

'Cara nua léi,' arsa Denise. 'Tá siad ar an bhfoireann snámha le chéile. Cailín an-deas í.'

'Is ea,' arsa Ciarán. 'Ach is dream bocht iad a muintir.'

'Dhéanfadh sí mainicín den scoth!' arsa Terry agus í ar bís ar fad.

'Meas tú?' arsa Lisa.

'Cinnte dearfa. Féach an déanamh atá uirthi agus a cuid gruaige, as ucht Dé.'

'Fan go bhfeice tú a súile,' arsa Ciarán.

'Meas tú, an mbeadh spéis aici ann?' arsa Terry go dóchasach.

'Níl a fhios agam,' arsa Denise, 'níor chuala mé aon chaint aici faoina cuid pleananna féin. Níl sé i bhfad ó chuir Aoife aithne uirthi.'

'Ní cheapfainn go mbeadh an t-airgead aici, ar aon nós,' arsa Ciarán.

'Ba chuma faoi sin. Gheobhainnse urraitheoir gan stró. Is fearr an t-ábhar atá inti seo ná i gcuid de na mainicíní a chonaic mé i Londain an mhí seo caite. D'fheicfeá féin é sin, a Lisa, dá mbeifeá in éineacht liom.'

Chas sí chuig Ciarán agus Denise.

'Ar chuala sibh a leithéid! B'fhearr léi seo dul chuig comhdháil in óstán i lár tíre ná cúpla lá a chaitheamh ag *galavant*áil i Londain i measc lucht faisin.'

Rinne Terry gáire fiodmhagúil.

'B'annamh leatsa a leithéid a dhéanamh, a Lisa,' arsa Denise go mall. Chuir sí aguisín leis an méid sin. 'Bhí Ciarán as baile an mhí seo caite freisin. Ag comhdháil.'

'An mar sin é?' arsa Terry. 'Dá mbeadh a fhios agam é, thabharfainn liom thusa, a Denise, agus d'fhágfaimis an chomhdháil ag an mbeirt.'

'Go díreach,' arsa Denise. 'Tá an-ghrá ag Ciarán agus ag Lisa do na comhdhálacha.'

Ní dúirt aon duine focal. Thit ciúnas ar an gcomhluadar. Chaith siad tamall ag breathnú ar áilleacht na háite agus gach duine acu ag déanamh a chuid smaointe féin.

* * *

Bhí gruaig Diane gan triomú nuair a tháinig sí amach as na seomraí gléasta. Chonaic sí Greg ag fanacht léi san *foyer*.

'Ní raibh an triomadóir gruaige ag obair,' arsa Diane mar chonaic sí é ag breathnú uirthi.

'Ólfaimid cupán caife sa cheaintín, mar sin,' arsa Greg, 'nó go dtriomóidh do chuid gruaige beagán. Níor mhaith liom go dtógfá slaghdán.'

'Nach tú atá seanfhaiseanta,' arsa Diane, ach bhí sí sásta go raibh sé ag smaoineamh uirthi.

Cheannaigh siad an caife agus shuigh siad ag breathnú síos ar na cúirteanna imeartha. Bhí trí chluiche badmantain ar siúl agus bhí rang aeróbach ann i gceann an halla.

'Bhí cluiche maith againn.'

'Bhí. Ach b'fhearr cluiche scuaise an chéad uair eile.'

'Cén fáth?'

'Cuirfidh tú níos mó allais. Tá sé go maith duit.'

'Maith go leor, *Miss*,' arsa Greg go magúil.

'Bhí do mhuintir an-deas, a Greg,' arsa Diane leis an ábhar cainte a athrú beagán. Chuir siad míle fáilte roimpi agus nuair a labhair máthair Greg ar an todhchaí thug Diane faoi deara go raibh sí féin san áireamh. 'Chuir siad fáilte mhór romham.'

'Is maith liom gur chuir. Thaitin tusa go mór leosan freisin. Tá súil acu thú a fheiceáil go minic amach anseo.'

Thug Diane faoi deara go raibh Greg ag stánadh ar chailín rua ar an gcúirt badmantain.

'Braitheann sé sin go hiomlán ortsa,' arsa sí go ciúin.

*   *   *

Tar éis cluiche leadóige le Denise, chuaigh Terry síos chuig an linn. Bhí Aoife agus Máire fós ag snámh go réchúiseach.

'Abair leo teacht amach anois,' arsa Denise.

Bhain Terry di a bróga. Shuigh sí ar cholbha na linne agus chuir sí a cosa ag fuarú san uisce. Tháinig an bheirt chailíní chuici nuair a bhí comhairle Denise déanta acu. Bhreathnaigh Terry ar Mháire, agus í á triomú féin.

'An mbeadh spéis agat a bheith i do mhainicín?' arsa sí.

Rinne Máire gáire.

'Mise?' arsa sí, ar fhaitíos nár chuala sí an cheist i gceart. Bhí a fhios aici go raibh sí dathúil, slachtmhar, ach níor shíl sí gur ábhar mainicín a bhí inti.

'Tá mé dáiríre,' arsa Terry. 'Céard atá i gceist agat a dhéanamh nuair a fhágfaidh tú an scoil?'

'Níl a fhios agam. Níor chuimhnigh mé air sin fós.'

'An bhfuil tú ag iarraidh dul ar an gcoláiste?'

'Ní dóigh liom é.'

'Sin é, mar sin. D'fhéadfá slí bheatha a bhaint amach i do mhainicín.'

Phléasc Máire amach ag gáire arís. Cheap sí gur as a meabhair a bhí an bhean seo. D'aithin Terry é sin uirthi agus dúirt sí.

'Mainicín a bhí ionamsa, a Mháire, agus tá scoil oiliúna de mo chuid féin agam anois. Ní ag magadh atá mé.'

Bhí beagán náire ar Mháire.

'Ní dóigh liom é.'

'Féach. Faigh duine a thógfadh cúpla pictiúr díot. Duine proifisiúnta. Agus tabhair leat iad chuig agallamh liomsa. Rud neamhfhoirmeálta a bheidh san agallamh. Bíonn a fhios agam ar an bpointe céard a bhíonn uaim.'

'Cá bhfaighidh mise grianghrafadóir proifisiúnta?' arsa Máire go postúil. Bhí sí oibrithe leis an Terry seo agus leis an éirí in airde a bhí ag baint léi. 'Le Mamó atá mise i mo chónaí. Níl aon phingin aicise le caitheamh ar phictiúir bhreátha.'

Thuig Terry an botún a bhí déanta aici.

'Tá go maith, a Mháire. Buail isteach chuig an stiúideo Dé Máirt seo chugainn agus déarfaidh mé le Arnold na pictiúir a thógáil. Fág liom do sheoladh sula n-imíonn tú agus cuirfidh mé carr i do choinne ag a naoi a chlog.'

Níor fhan sí le freagra. D'éirigh sí de phreab agus shiúil sí ar ais chuig an teach.

Chaith Denise tamall ina suí tar éis an chluiche leadóige ag súil ar ais le Ciarán agus le Lisa. Bhí Terry i mbun cainte leis na cailíní. Ó tharla go raibh sí léi féin dúirt sí go gcuirfeadh sí malairt éadaigh uirthi féin. Bhí sé deas fionnuar sa teach tar éis a bheith amuigh sa teas. Bhí an áit an-chiúin. D'airigh sí an teannas i matáin na gcos agus í ag dul suas staighre. B'fhearr di cith a thógáil chun í féin a shuaimhniú. Thaitin cluiche crua léi riamh. Go mór mór inniu, mar ise a bhuaigh.

Tháinig sí go ceann an staighre. Shiúil sí síos an pasáiste gan deifir. Chuaigh sí thar sheomra Aoife agus timpeall an choirnéil i dtreo a seomra féin. Bhí seomra eile eatarthu agus bhí sé sin réitithe ag Nan ó mhaidin dá mbeadh fonn ar Mháire fanacht thar oíche. Bhí an doras gan dúnadh, mar sin dúirt sí léi féin go mbreathnódh sí isteach feiceáil an raibh gach rud i gceart.

Chuala sí torann nuair a bhrúigh sí an doras uaithi. Bhí na cuirtíní dúnta agus bhí a súile gan cleachtadh ar an mbreacsholas ar dtús. Bhí sí i lár an tseomra sular thuig sí go raibh duine éigin eile ann cheana. Chonaic sí beirt ar an leaba. Chonaic sí sciorta síoda ar an urlár. Scairt an ghrian tríd an doras ar bhráisléid óir ar rúitín. An té ba ghaire di, chas sé a cheann chuici. Bhí an scéin i súile Chiaráin i dtosach ach ansin leath an gáire ar a bhéal go caithréimeach. Ní raibh gíog as Lisa, ach chonaic Denise í á ceilt féin taobh thiar dá ghuaillí. Focal ní dúirt sí féin ach oiread. Ach nuair a chas sí le dul amach as an seomra thuig sí go raibh athrú ar a saol go brách.

Caibidil 7

Seachtain go Nollaig. De ghnáth, thaitníodh an tráth seo bliana go mór le Máire, ach i mbliana ní raibh aon spéis aici i gcúrsaí na féile. Bhí an iomarca rudaí ag dul anonn agus anall ina hintinn. Bhí uaigneas uirthi i ndiaidh an líon tí, seachas Eddie, ar ndóigh. Bhí uaigneas uirthi i ndiaidh a máthar mar bhí siad an-mhór le chéile nuair a bhí Eddie as baile. Bhí uaigneas uirthi i ndiaidh Sam: an aire a thugadh sí dó, an pheataireacht a dhéanadh sí air. Bhí uaigneas uirthi i ndiaidh an chúpla agus chomh haerach is a bhídís ar fud an tí. Bheadh uaigneas uirthi lá Nollag i ndiaidh a gcuid spóirt agus spraoi.

Bhí sí i ngleic lena cuid mothúchán do Greg Dillon. Thuig sí go raibh siad meallta ag a chéile ar bhealach, ach ba léir di nach ndéanfadh seisean rud ar bith leis an mbrionglóid a fhíorú. Ghoill sé sin ar fad uirthi. Bhí a croí á réabadh. Ach níorbh fhéidir a rún a insint do dhuine ar bith. Cinnte, d'inseodh Caitríona an scéal do gach duine. Agus cé go raibh sí an-mhór le hAoife, ní dócha go dtuigfeadh Aoife an cás. Is dócha go mbeadh sí spréachta léi.

Rud eile, ar ndóigh, Terry agus a cuid tairiscintí. Nuair a tógadh na pictiúir sa stiúideo agus nuair a priontáladh iad, bhí Terry faoi dhraíocht ar fad. 'An-deas ar fad!' na focail a d'úsáid Arnold. Bhí an bheirt á spreagadh le dul le hobair

mhainicíneachta. Tháinig Terry chomh fada le teach a Mamó.
Mhínigh sí dóibh go mbeadh gach ní de réir an dlí. Dúirt sí go
mbeadh neart oibre ann di nuair a bheadh an oiliúint déanta
aici. Bhí Ciarán Ó Dónaill sásta urraíocht a dhéanamh uirthi,
mar sin ní raibh fadhb ar bith ann ó thaobh an airgid. Bhí
an-spéis ag Máire sa tionscadal, go mór mór nuair a chonaic sí
na pictiúir, ach fós féin bhí amhras uirthi. Chaithfeadh sí
imeacht ón dúchas le tamall a chaitheamh i mBaile Átha Cliath.
Chaithfeadh sí imeacht óna Mamó agus ón teach. Chaithfeadh
sí imeacht óna cuid cairde agus ó Greg Dillon. Ar an taobh eile
den scéal, b'fhéidir gurbh in ab fhearr. Ní múinteoir agus dalta
a bheadh iontu níos mó. Bheadh seans ann dóibh. Faoiseamh
a bheadh ann dá bhféadfaí cinneadh a dhéanamh.

Nuair a bhí an rang matamaitice thart chuaigh Máire chuig
deasc an mhúinteora óig.

'An bhféadfainn labhairt leat dhá nóiméad?'

'Anois?'

'Más féidir.'

'Tá go maith. Bí i do shuí.'

D'éirigh sé leis an doras a dhúnadh. Níor dhún sé ar fad
é. Shuigh sé síos arís. Chonaic sé an bronntanas Nollag ar
an deasc i mbosca dronuilleach. Bhí an páipéar daite ag
lonrú faoin solas. Bhreathnaigh sé uirthi gan an cheist a chur.

'Sin rud beag duitse. Chuidigh tú liom.'

'Go raibh maith agat, a Mháire. Ní raibh gá leis sin.'

'Bhí mé ag iarraidh.'

Chuir sé an boiscín beag geal síos ina mhála.

'Caithfidh mé labhairt leat. Tá mé fós idir dhá chomhairle
faoin mainicíneacht.'

Labhair sí leis cheana faoin scéal ach níor chuir sé mórán
suime ann mar ní raibh ann ach smaoineamh ag an am.

'Ó. Aon scéal nua?'

'Tá. Tháinig úinéir na scoile mainicíneachta chuig an teach. Tá sí an-sásta leis na grianghraif. Tá an fear gnó mór-le-rá Ciarán Ó Dónaill sásta urraíocht a thabhairt dom.'

'Tá sí ag iarraidh ort é a dhéanamh, mar sin?'

'Tá. Tá sí do mo bhodhrú.'

'Cén uair a bheifeá ag tosú?'

'Uair ar bith is mian liom.'

'Céard atá le rá ag do Mhamó faoin scéal?'

'Glacfaidh sí leis an rogha a dhéanaim féin.'

Bhreathnaigh Greg Dillon uirthi go grinn.

'A Mháire, tá a fhios agat go bhfuil sé de chumas ionat an Ardteist a dhéanamh agus dul ar an gcoláiste.'

'Tá a fhios.'

'Ar mhaith leat é sin?'

'Níl a fhios agam. Dá n-éireodh go maith liom mar mhainicín bheadh an t-airgead níos fearr ná jab ar bith a gheobhainn mar gheall ar an gcoláiste.'

'B'fhéidir gur fíor duit. Cén drogall atá ort, mar sin?'

'Na daoine a d'fhágfainn i mo dhiaidh.'

Ní dúirt Greg rud ar bith ar feadh cúpla nóiméad. Ach thuig sé an rud a bhí i gceist aici. Ba léir dise gur thuig. Bhí siad á dtarraingt chuig a chéile. Bhí dorn déanta ag Greg dá lámh ar an deasc. Is beag bídeach nár leag Máire a lámh féin air. Rinne seisean a sheacht ndícheall rudaí a choinneáil faoi smacht.

'Chaithfeá do Mhamó a fhágáil, ar ndóigh, agus do chuid cairde.' Ní dúirt sise rud ar bith. Choinnigh seisean air. 'Ach níl lead ar bith agat, an bhfuil, a Mháire?' Lean sé air, agus é ag iarraidh a bheith greannmhar. 'Duine a bheadh ag caoineadh i do dhiaidh. Agus bheadh deis agat aithne a chur ar chairde nua.'

Bhí a fhios aige go raibh a chuid cainte ag goilliúint uirthi. Bhí a fhios aige go raibh sí á thuiscint. Ach cén rogha eile a bhí aige? Dul síos ar a dhá ghlúin agus 'Ná himigh, a Mháire, ná himigh' a rá léi?

'Caithfidh tú féin an cinneadh a dhéanamh, a Mháire. Tá a fhios agat gur obair chrua a bheidh san obair mhainicíneachta, más leis a théann tú.'

'Tá a fhios agam. Sin é a dúirt Terry.'

Bhreathnaigh an bheirt ar a chéile agus na smaointe céanna ag preabadh ina n-intinn. Is é Greg a chuir deireadh leis an tost.

'Sin é, mar sin, a Mháire. Tá mé cinnte go ndéanfaidh tú an cinneadh ceart. Coinnigh ar an eolas mé. Bíodh Nollaig mhaith agat agus go raibh maith agat arís as an mbronntanas.'

'Ná habair é. Go raibh maith agat féin as labhairt liom.'

Dhún sí an doras go ciúin ina diaidh.

* * *

Chuaigh Ciarán síos staighre agus trasna an halla chuig an mboirdín beag. Is ann a bhí litreacha na maidine leagtha go néata ag Nan. Thug sé sracfhéachaint orthu. Dó féin ar fad iad. Bhí a fhios aige ar an toirt céard a bhí sa chuid ba mhó acu: bille leictreachais, bille fóin, catalóg earraí gailf. Ach bhí litir eile ann. Clúdach mór bán agus cuma thábhachtach air. Bhí ceithre litir stampáilte go healaíonta ar thaobh an chlúdaigh: MM, ÓB. D'oscail sé an clúdach. Bhí dhá ainm i scríbhinn óir ar bharr na litreach: Mac Mathúna agus Ó Baoill—dlíodóirí.

Léigh sé an litir go tapa agus tháinig taom feirge air. Ní dhéanfadh sí a leithéid, arsa sé leis féin. Chaith sé na litreacha eile ar an mbord agus chuaigh sé suas an staighre de

ruathar. Ag scuabadh a cuid gruaige a bhí Denise nuair a rith
Ciarán isteach.

'Céard sa diabhal é seo?' arsa sé in ard a ghutha agus
sháigh sé an litir faoina srón. Bhreathnaigh sí suas air agus
déistin uirthi.

'Céard, a Chiaráin?' arsa sí.

'An litir seo ó do dhlíodóir.'

'Ó, ar tháinig sí? Léigh í go bhfeice tú. Tá léamh agat,
nach bhfuil?' arsa sise go ciúin.

'Níor chuala mé a leithéid riamh. Shíl mé go raibh tuiscint
eadrainn.'

'Tuiscint?'

'Is ea. Dúirt tú nach raibh tú ag iarraidh an scéal a phlé.
Shíl mé go raibh dearmad déanta agat air.'

'Dearmad?'

Bhreathnaigh Denise air le barr iontais.

'Dearmad a dhéanamh air sin! M'fhear céile ar an leaba
le cara mór liom i mo theach féin. Is measa an t-amadán thú
ná mar a shíl mé.'

Anois is ea a thuig Denise a laghad measa is a bhí ag
Ciarán uirthi. Shíl sé go bhfanfadh sí leis tar éis dó oiread
tarcaisne a chaitheamh léi. Agus cead aigesean Lisa a
fheiceáil faoi mar ba mhian leis. Cead aigesean an craiceann
is a luach a bheith aige.

'Níl tú ag ceapadh go bhfágfaidh mé an teach seo chomh
réidh sin, an bhfuil?' arsa Ciarán.

'Nílim. Íocfaidh mé do sciar féin leat. Buíochas le Dia go
raibh sé de chiall ag Dad an coinníoll sin a chur sa chonradh.
Bhí mise ar aon fhocal faoi ag an am. Bhí muid ar fad ar aon
fhocal faoi.'

Dúirt sí 'ar fad' agus béim aici ar na focail chéanna. Ba

chuimhin léi chomh toilteanach is a bhí Ciarán a ainm féin a chur leis an teach.

Tháinig lagar ar Chiarán nuair a meabhraíodh coinníoll an tí dó. Ní raibh tábhacht mhór leis ag an am. Nár chuma gan ach trian den sealús faoina ainm féin agus dhá thrian faoi ainm a mhná? Beirt phósta a bhí iontu agus ba leis an mbeirt acu an áit. Rud fánach a bhí sa choinníoll sin agus an bronntanas féin ina rud chomh luachmhar sin. Níor shíl Ciarán go bhfágfadh Denise é go brách.

'Agus cá rachaidh mise?' arsa Ciarán agus iontas an domhain air.

'Áit ar bith is mian leat,' arsa sise. 'Tá mé cinnte go bhfuil pleananna go leor ag Lisa. Tá deireadh leis an bpósadh, a Chiaráin. Caithfidh tú an áit seo a fhágáil.'

D'éirigh Denise. Amach as an seomra agus síos an staighre léi.

Shuigh Ciarán ar cholbha na leapa agus tranglam smaointe ina intinn. Ar bhealach bhí sé sásta go raibh deireadh leis an rud ar fad. D'fhéadfadh sé a bheith le Lisa anois. Airgead mór a bheadh sa tríú cuid de luach an tí. Ach ba dheacair dó an teach seo a fhágáil. Bhí a cháil féin fite fuaite leis an teach céanna.

'Sin é an saol, is dócha,' arsa sé os ard.

Chaithfeadh sé smaoineamh feasta ar a shaol nua in éineacht le Lisa. Bhí sé i ngrá léi. Níorbh fhéidir sin a shéanadh. An chéad bhean ar thug sé grá a chroí di. Bhuail rud eile é agus é ag dul síos staighre:

'Céard a cheapfaidh Aoife faoin scéal seo?'

* * *

'Meas tú, an dteastaíonn tuilleadh tinsil in uachtar?' arsa Diane.

'Ní dóigh liom é. Tá sé an-deas mar atá,' arsa Greg.

'Cúpla ceann de na rudaí cruinne seo in íochtar, b'fhéidir.'

'Is ea. Ar mhaithe le cothromaíocht.'

'Dearcadh fhear na matamaitice.'

'Is dócha.'

'Anois, sin é,' arsa Diane.

Sheas sí siar ón gcrann.

'Céard a cheapfá?'

'Tá sé go hálainn.'

'Is breá liomsa crann ceart. Tá a fhios ag mo chroí nach gceannóidh mé ceann de na crainn bhréige sin go deo arís. Crann ceart an t-aon rud amháin.'

'Is é.'

Bhreathnaigh Diane ar Greg. Bhí sé ina shuí go leisciúil sa chathaoir. Ach ba chuma léi faoi sin. Bhí sí ag tnúth leis an Nollaig agus bhí sí sásta leis an saol. Lean sí uirthi ag caint.

'Nuair a bhí mé ar an mbunscoil bhí múinteoir an-mhaith againn as Maigh Eo. Bhí sí ag druidim le haois an phinsin an t-am sin. Bhí an-chion agam uirthi agus bhí meas aici ormsa chomh maith.'

De réir mar a bhí Diane ag insint an scéil bhí sí ag dul timpeall an chrainn le slacht a chur air thall agus abhus, agus í ag breathnú go grinn ar na maisiúcháin.

'Ach ar aon nós, ar feadh roinnt seachtainí roimh Nollaig bhí sí ag obair léi taobh thiar de rud ard mar a bheadh brat ann. Bhí muide maraithe, ar ndóigh, ag iarraidh a dhéanamh amach céard a bhí faoi cheilt aici. Seachtain roimh Nollaig dúirt sí linn go raibh an obair mhór seo críochnaithe aici agus go raibh cead againn teacht, duine i ndiaidh a chéile, leis an iontas a fheiceáil. Agus, an bhfuil a fhios agat, mise an chéad duine a d'iarr sí. Cuimhneoidh mé go brách air sin. Mise an chéad duine a fuair cead an t-iontas mór a fheiceáil ar chúl an bhrait. Ach is ait an rud é—ní cuimhin liom go rómhaith céard a bhí ann ar chor ar bith. Bhí crann Nollag déanta aici as páipéar ar bhealach éigin agus maisiúcháin greamaithe air thall agus abhus—ní cuimhin liom mórán faoi. Ní cuimhin liom tada ach mé féin agus an múinteoir ag dul ag breathnú ar an iontas mór seo. Nach ait an rud é?'

'Céard?'

'An chaoi a bhfanann rudaí sa chuimhne.'

'An-ait.'

'Is fada liom go bhfeicfidh mé do mhuintir arís,' arsa Diane. 'Tá súil agam nach miste le do mháthair mise a bheith ann don Nollaig.'

'Ní miste, muis. Nuair a dúirt mé léi go bhfuil do mhuintirse ag dul ag sciáil ní raibh aon dul as ach thú a thabhairt ann.'

Rinne Diane gáire. Bhí máthair Greg fial flaithiúil agus ba bhreá léi aire a thabhairt do dhaoine.

'Is trua go mbíonn saoire na Nollag chomh gearr sin. Ní féidir gan smaoineamh ar dhul ar ais ag obair.'

'Déan dearmad air sin agus beidh *time* againn,' arsa Greg.

'Ach ar aon chaoi,' arsa Diane, 'beidh an comórtas snámha ann san athbhliain. Beidh moladh mór ag dul do na múinteoirí má roghnaítear Aoife Ní Dhónaill d'fhoireann na hÉireann.'

'An bhfuil sí chomh maith sin?' arsa Greg.

'M'anam go bhfuil.'

'Tá aithne mhaith ag Tadhg ar a máthair,' arsa Greg.

'An mar sin é?' arsa Diane go dána.

'Ní mar sin, ní cheapfainn. Ach más fíor an méid a deir Colin faoina fear, ní chuirfeadh duine milleán uirthi.'

'Buachaill báire é, an ea?'

'Is ea, é féin agus cara lena bhean.'

'Tá trua agam d'Aoife,' arsa Diane. 'Cailín an-chúthail í. Ach tá feabhas uirthi ó chuir sí aithne ar Mháire Bhreatnach. Ar ndóigh, chuirfeadh an Máire Bhreatnach sin beocht i nduine ar bith.'

Chonaic Diane an náire a bhí ar Greg ó luaigh sí Máire Bhreatnach. 'Ach tá sí ciúnaithe go maith le tamall, caithfidh mé a rá.'

'Cé atá ciúnaithe?'

'Máire Bhreatnach.'

'An bhfuil?'

'Nach bhfuil a fhios agat é?' arsa Denise.

'Ha?'

'Céard atá ort? Níl dhá fhocal agat.'

'Cén chaoi?'

Ba léir do Greg go raibh mífhoighid ar Diane.

'Níl sásamh ar bith le fáil ort ar an aimsir seo. Inseoidh mé an fhírinne duit, a Greg, tá mé bréan den ealaín seo.'

Focal ní dúirt Greg ach breathnú uaidh.

'Inis dom, a Greg, an mar gheall ar Mháire Bhreatnach atá an rud seo ort?'

'Stop ag seafóid, as ucht Dé.'

'Inis an fhírinne dom, le do thoil.'

'An fhírinne, muis, níl tada le hinsint.'

'An bhfuil rud eadraibh, an bhfuil?'

'Rud eadrainn? Ag magadh atá tú.'

'Níl a fhios agam. Tá rud eadraibh seachas an rud a bhíonn idir múinteoir agus dalta.'

132

Bhí Greg i bponc. Bhí Diane á chúiseamh. Chas sé an scéal ar fad timpeall ina intinn seacht n-uaire ag lorg bealach éalaithe.

'Dá mbeadh rud eadrainn ní iarrfainn ortsa mé a phósadh!'

Baineadh stangadh as an mbeirt acu. Níor fhág an chaint sin smid ag ceachtar acu. Is í Diane is túisce a chuimhnigh uirthi féin.

'A Greg! An bhfuil tú i ndáiríre, a Greg?'

Thuig Greg an rud a bhí ráite aige. Ó chuaigh sé go rúitín ní raibh ann ach dul go hascaill.

'Ní déarfainn rud mura mbeinn lándáiríre.'

D'éirigh Diane de léim agus rug sí barróg air.

'Ó, a Greg, seo í an Nollaig is fearr fós.'

Is maith an rud nach bhfaca sí an ghruaim i súile a *fiancé* nuair a labhair sé arís.

'Níor thug tú freagra orm fós.'

'Pósfaidh, a Greg. Pósfaidh, pósfaidh, pósfaidh.'

*   *   *

Bhí Denise ag breathnú ar iris sa seomra mór. Ní raibh spéis dá laghad aici ann. Ní raibh spéis dá laghad aici sa Nollaig ach oiread, agus gan ach cúpla lá fágtha roimhe. Bhí na bronntanais ceannaithe. Bhí na beartáin déanta. Bhí an bia ordaithe. Ní raibh le déanamh ach an crann a cheannach agus sult a bhaint as an bhféile. Is iad Aoife agus a hathair a d'fhaigheadh an crann de ghnáth. Mhaisídís é oíche Nollag fad a bhíodh Denise gnóthach sa chistin. Bhí siad ag súil le muintir Chiaráin i mbliana. Bheadh sé deacair ligean orthu go raibh gach rud go breá ar feadh an dá lá. Bhí socrú déanta ag Ciarán agus ag Denise gan rud ar bith a rá le duine ar bith dá muintir go mbeadh an Nollaig caite.

'Tá a fhios agam go bhfuil sé ag imeacht.'

Scanraíodh Denise nuair a chuala sí guth a hiníne. Ní raibh a fhios aici í a bheith sa teach.

'Céard?' arsa sí go tur.

'Dad. Tá a fhios agam go bhfuil sé ag imeacht. Chuala mé sibh ag troid agus chonaic mé an litir.'

Chrom Aoife a ceann. Bhí sé admhaithe aici go raibh eolas faighte aici gan chead. Níor fhéach Denise leis an bhfírinne a cheilt. Níorbh fhiú é.

'Tar agus suigh in aice liom,' arsa sí agus chuir sí a lámh ar an tolg.

Shuigh Aoife ar aghaidh a máthar. Bhí na sceana géara ina súile.

'Rinne muid ár ndícheall. Caithfidh tú é sin a thuiscint. Rinne mé féin mo dhícheall. Níl aon mhaith ann. Tá mise agus Dad míshásta, a stór. Déan iarracht sin a thuiscint.'

Ní dúirt Aoife oiread agus focal.

'Bhí grá againn dá chéile. Tá grá againn dá chéile fós, ar bhealach, ach ní féidir linn cónaí le chéile.'

Ghoill sé ar Denise an bhréag a insint. Masla di féin a bheadh ann an fhírinne a insint. A rá go raibh grá aicise do Chiarán ach nach grá beirte a bhí ann. A admháil gur le grá don airgead a phós sé í agus ní le grá di féin.

'Tuigfidh tú cúrsaí de réir a chéile, a Aoife. Cónóidh tú anseo. Liomsa. Feicfidh tú Dad uair ar bith is mian leat.'

'Agus Lisa?'

Tháinig meirfean ar Denise nuair a chuala sí na focail sin. Ar éigean má chuala Aoife an freagra.

'Céard atá i gceist agat?'

'Á, tá a fhios agam faoi Lisa freisin. Tá na ballaí sin an-tanaí, tá a fhios agat, dá mbeifeá ag iarraidh dul a chodladh. Cloisim gach focal. Chuig Lisa atá sé ag dul, nach ea?'

'Níl a fhios agam. Níl a fhios agam.'

Chuala Aoife an t-éadóchas ina glór. Bhí deireadh leis an gcur i gcéill anois. Deireadh leis an troid. Deireadh leis an gcaoineadh. Agus bhí fonn díoltais ar Aoife. Díoltas don fhulaingt a bhí déanta aici féin le míonna fada.

'Tá an ceart aige, b'fhéidir. Tá Lisa dathúil, nach bhfuil? Tá sí slachtmhar. Tá gruaig Lisa go hálainn. Bíonn éadaí áille ar Lisa. Agus tá Lisa i ngrá le Dad, nach bhfuil?'

D'éirigh Aoife go tobann agus rith sí chuig an doras. Bhain sí tuisle aisti féin ag dul amach di agus thit sí. Phléasc sí amach ag caoineadh.

'Is fuath liom sibh. Is fuath liom an bheirt agaibh!'

Bhí Denise lena taobh láithreach. Rug sí barróg uirthi agus d'fháisc sí chuici í. Bhris na deora uirthi féin.

'Tá grá ag Mam agus ag Dad duit, a Aoife, a stór.'

Shiúil Ciarán Ó Dónaill isteach an nóiméad sin. Sheas sé ag breathnú orthu. Lig sé air nach bhfaca sé iad. Bhí an bheirt acu múchta le brón agus ní fhaca siad ar chor ar bith é. Shiúil sé suas an staighre le teann déistine don rud ar fad.

* * *

'Cén chaoi a raibh an Nollaig?' arsa Máire le hAoife ar an mbealach go dtí an comórtas.

'Ní raibh sé iontach.'

Shíl Máire go raibh rud éigin ar Aoife. Bhí sí an-chiúin ar fad.

'Ó, céard a tharla?'

'Tá Dad ag imeacht uainn.'

Ní le freagra mar sin a bhí Máire ag súil. Bhí snaidhm ar a teanga.

'Tá brón orm.'

Shuigh an bheirt acu isteach i gcarr Shiobhán Ní Chárthaigh gan focal a rá.

'Céard fútsa?' arsa Aoife ar ball.

'Maith go leor. Rinne Mamó a dícheall. Bhí an dinnéar go hálainn. Ach bhí uaigneas orm i ndiaidh na bpáistí. I ndiaidh Sam, go mór mór. Agus Mam.'

'Sin é an chaoi a mbeidh mé féin an chéad bhliain eile.'

Bhí an bheirt ag caint le chéile i gcogar. Níor mhaith leo go gcloisfeadh an múinteoir an rud a bhí siad ag rá. Bhí díomá ar Mháire nach raibh Diane Ní Loingsigh in éineacht leo. Dúirt múinteoir Aoife nár tháinig sí abhaile tar éis na Nollag.

'Cá mbeidh tú i do chónaí anois?'

'Sa mbaile le Mam an chéad bhliain eile,' arsa Aoife. 'Ach beidh mé i mo chónaí sa scoil ar feadh bliana.'

'Cén fáth?'

'Tá Mam ag iarraidh dul ar ais ag obair, agus caithfidh sí dul ar chúrsa bliana i dtosach.'

Bhí trua an domhain ag Máire dá cara. A hathair ag imeacht agus a máthair freisin. Den chéad uair riamh chonaic sí an chosúlacht a bhí eatarthu.

'Táimid ann,' arsa Siobhán Ní Chárthaigh. 'Féachaigí! Tá na daoine eile anseo romhainn.'

Nuair a bhí an carr páirceáilte léim siad amach agus chuaigh siad caol díreach chuig na seomraí gléasta.

Bhí foireann as gach cúige in Éirinn san iomaíocht. Bhí Máire ag éirí neirbhíseach. Bhí sí ceart go leor i rith an turais mar bhí sí ag caint le hAoife. Rinne sí meangadh lena cara agus iad á réiteach féin. Is gearr go raibh sé in am don chomórtas. Máire an chéad duine ar an bhfoireann san uisce. Aoife an duine deiridh. Chuala Máire glór ar an micreafón á n-iarraidh go dtí na bloic le haghaidh an rása foirne. D'fhéach Máire ar an mbeirt a bhí ar gach taobh di. Cailín mór láidir ar dheis, agus cailín beag tanaí ar clé.

'Bígí réidh,' arsa glór an mhicreafóin. Réitigh Máire í féin. Ní raibh mothú ar bith ina cosa. Tháinig scéin agus scanradh uirthi.

'Ní fhéadfaidh mé snámh go deo,' arsa sí léi féin. Ach smaoinigh sí ar an bhfoireann. Smaoinigh sí ar Aoife agus ar an dóchas a bhí aici a bheith ar fhoireann na hÉireann. 'Ceart go leor, a Aoife,' arsa sí léi féin, 'ar mhaithe leatsa é, ar mhaithe leatsa.'

Scaoileadh an gunna agus thum an cúigear isteach san uisce. Ní túisce a bhuail Máire an t-uisce ach d'imigh an t-amhras ar fad a bhí uirthi. Bhí a fhios aici go raibh sí go maith. Bhí a fhios aici go raibh sí láidir. Ar aghaidh léi, na lámha agus na cosa ag cabhrú le chéile go paiteanta. Bhí an cailín mór ar dheis ag titim siar ach bhí an cailín beag ar clé buille chun cinn uirthi. Shroich siad ceann na linne agus cuireadh an cailín beag dá buille nuair a shíl sí casadh. Is í Máire ab fhaide chun cinn anois. Chuala sí an screadach ar fad gach uair a thóg sí a ceann as an uisce. Bhí sí gar don deireadh nuair a thug sí faoi deara go raibh an cailín beag ag breith uirthi arís. Rinne sí a seacht míle dícheall ach bhí an neart ag trá aisti. Bhí siad cab ar chab anois. Bhí an deireadh le feiceáil. Shroich siad ceann na linne ar aon bhuille.

Thum an dara duine ar fhoireann Mháire isteach san uisce agus tharraing Máire í féin amach as an linn. Rinne sí meangadh leis an gcailín lena taobh agus chuaigh sí go leataobh le suí síos agus le hanáil a tharraingt. Rinne an bheirt eile comhghairdeas léi agus réitigh an tríú cailín í féin.

'An bhfuil tú neirbhíseach?' arsa sí le hAoife.

'Níl.'

'Tabhair íde dóibh.'

'Tabharfaidh, muise.'

Bhí a bhfoireann féin chun cinn. Thosaigh Aoife agus Máire ag gríosadh an té a bhí ag snámh, d'aonghuth leis an slua. Isteach leis an tríú duine. Ní snámhaí chomh láidir leis an triúr eile a bhí inti seo agus bhíothas ag breith uirthi ón tús. Bhain Máire fáscadh breá as lámh Aoife sula ndeachaigh sí suas ar an mbloc. Bhí trí cinn de na foirne eile istigh sular fhéad Aoife tosú.

'Ar aghaidh leat, a Aoife!' arsa Máire nuair a chaith Aoife í féin isteach. Is ar Aoife a bhí siad ar fad ag brath anois. Choinnigh Máire súil ghéar uirthi. Bhí sí ag gearradh an uisce mar a bheadh scian ann. Bhí sí fíorghasta ar fad. Bhí sí ag breith ar an triúr a bhí roimpi. Chuir sí beirt fúithi.

'Aoi-fe! Aoi-fe!' arsa an fhoireann ar fad.

Bhí an triúr acu ag pocléimneach agus ag screadach in aice leis an linn. Shroich Aoife ceann na linne agus chas sí go hálainn ar fad. Bhí neart ag teacht inti. Bhí sí ag coinneáil leis an aon bhean amháin a bhí roimpi agus an chuma air, go deimhin, go raibh sí ag breith uirthi. Bhí sí taobh léi. Chuaigh sí chun cinn uirthi!

'*Come on*, a Aoife, tá tú ann.'

Cúpla slat eile. Bhí an slua ina seasamh faoin am seo agus iad ag cur gleo go spéir. Bhí Máire agus na cailíní eile agus na deora leo, ní hamháin mar gheall go raibh an bua acu ach mar gheall ar chomh maith is a d'éirigh le hAoife agus an duais a bheadh aici dá bharr. Bhuail Aoife an balla agus lig an slua gáir mholta. Is beag nár chaith Máire í féin san uisce le dul chuici. Tharraing sí í féin aníos as an uisce agus phlúch na cailíní eile í. Tháinig Siobhán Ní Chárthaigh anuas agus an gliondar céanna uirthi.

Bhí an rás thart agus tháinig beagán staidéir iontu, ach níorbh fhéidir an gáire a ghlanadh dá mbéal. Iarradh ciúnas i gcomhair bhronnadh na nduaiseanna. Nuair ba le foireann Mháire glacadh leis an ngradam, labhair fear an tí. Sula roinnfí na duaiseanna dúirt sé go raibh fógra tábhachtach le déanamh aige.

'De bharr imeachtaí an tráthnóna, is maith liom a chur in iúl daoibh go bhfuil Aoife Ní Dhónaill roghnaithe le snámh ar son na hÉireann sna Comórtais Idirnáisiúnta.'

Ní raibh deireadh ráite aige ach d'éirigh an lucht féachana de léim, iad ag gáire agus ag bualadh bos. D'fháisc Máire greim ar Aoife.

'Maith thú, a Aoife, maith thú go deo!'

Smid chainte ní raibh fágtha ag Aoife. Chonaic sí an lucht féachana trí na deora agus is ann a bhí siad. A hathair agus a máthair ina suí leath bealaigh suas ar dheis. Bhí áthas ar a croí go raibh siad ann.

Chuimil Máire an corn agus í ag siúl léi ar an gcosán. Bhí tuirse uirthi anois agus bhí sí ag tnúth le fáilte a Mamó. Nach í a bheadh sásta an corn a thaispeáint di agus scéal na caithréime a insint. Nuair a d'oscail sí an geata bhí iontas uirthi oiread sin soilse a fheiceáil ar siúl. Tháinig duine de na comharsana chuig an doras ina coinne. Ba léir do Mháire go raibh rud éigin cearr.

'Céard é féin?' arsa sí.

'Seo, suigh síos sa chistin,' arsa an bhean agus thug sí isteach sa chistin í.

Bhí an Dochtúir Ó Máille ina shuí cois tine. D'éirigh sé nuair a chonaic sé Máire.

'An bhfuil Mamó tinn?'

Tháinig na focail amach d'aon bhrúcht amháin.

'A Mháire, a stór, fuair do Mhamó bás thart ar a ceathair a chlog tráthnóna.'

D'airigh sí an mothú ag imeacht as a cosa agus an Dochtúir Ó Máille ag fáscadh a ghreama uirthi. Dhún an poll dubh uirthi.

Caibidil 8

Bhí an sneachta ag titim níos tapúla anois agus é i bhfad níos tibhe. Bhí iontas ar Mháire cé chomh tapa agus a clúdaíodh gach rud. Is dócha go raibh an uaigh faoi bhrat faoin am seo agus na bláthanna cromtha faoin ualach. Le linn dóibh a bheith ag dul isteach sa reilig is ea a thosaigh sé ag cur sneachta. An spéir ina scamaill dhubha. Clúmh geal ag titim ar adhmad daor na cónra. Ise ag faire de réir mar a bhí an pláta óir ag dul ó léargas faoin sneachta.

Tharraing sí féin lámh trasna ar an bpláta sin. Tharraing sí méar trasna ar an ainm a bhí greanta ann: Eileen Síle Bhreatnach. Ní fada roimhe sin ó tharraing a cuid méar trasna ar an éadan rocach agus í ag spraoi in ucht a Mamó. Timpeall ar na súile leis an méirín beag dána. Timpeall ar an tsrón agus ar an mbéal. Agus ligeadh Mamó uirthi go raibh sí ag iarraidh an méirín beag siúlach a shlogadh. Dhéanadh Máire gáire in ard a cinn agus thosaíodh sí as an nua ar an gcluiche céanna.

Bhí sé fós ag cur sneachta. Bhí sé ag greamú den bhóthar. Is beag a chuir sé le cúpla lá seachas múr nó dhó. Bhí daoine ag rá go raibh sé dona go leor in áiteanna ar fud na tíre.

'Is trua nár fhéad do mháthair teacht mar gheall ar an aimsir,' arsa duine de na mná. 'Tá Sasana buailte go dona.'

141

Níor chuimhin le Máire cén freagra briosc a thug sí air sin, ach bhí a fhios ag a croí, ainneoin gach a tharla, nach bhfanfadh Úna Bhreatnach ó shochraid a máthar féin dá mbeadh deis aici teacht.

Bhí glór a huncail, Brian, le cloisteáil aníos an staighre. Bhí a fhios ag Máire go raibh sé féin agus tuilleadh dá muintir ag socrú cúrsaí an tsaoil di féin. Dúirt Nóra agus Tom béal dorais go bhféadfadh sí fanacht leosan go mbeadh na scrúduithe thart. Ina dhiaidh sin, chaithfeadh sí dul chuig a máthair. 'Beag an baol,' arsa Máire léi féin.

Bhreathnaigh sí amach an fhuinneog ar an sneachta. Dúirt sí go rachadh sí síos staighre le rá leo ar fad cén socrú a bhí ar intinn aici féin. Nach orthu a bheadh an t-iontas nuair a déarfadh sí leo nach dtabharfadh sí aird ar dhuine ar bith acu.

Bhí glór Bhriain le cloisteáil agus í ag dul síos staighre. 'Nach é atá difriúil ó mo mháthair,' arsa Máire léi féin. Níor thaitin sé léi. Cineál *snob* a bhí ann, boc mór a shíl go mbeadh gach rud ceart ach é a fhágáil faoi féin. Ní fheicfí é ó cheann ceann na bliana mura mbeadh tairbhe ann dó féin, lá breithe nó faoi Nollaig.

'Tú féin atá ann, a Mháire!' D'éirigh Brian ina sheasamh nuair a tháinig Máire isteach sa seomra. 'Bhí muid ag caint fút.'

Bhreathnaigh sé ar an dream eile agus bhreathnaigh Máire orthu freisin. Col ceathracha lena máthair nach bhfeicfeadh sí ach lá bainise, lá baiste nó lá sochraide. Bhí duine nó beirt ann nach bhfaca sí riamh. Cén ceart a bhí acu seo cúrsaí a leagan amach dise? Tháinig olc ar Mháire agus d'fháisc sí a dhá dorn le smacht a choinneáil uirthi féin.

'Ag iarraidh socrú a dhéanamh maidir le cúrsaí atá muid,' arsa bean Bhriain.

Bhraith Máire nach raibh inti ach seanbhord a chuirfeá amach sa scioból. Sheas sí chomh díreach is a bhí inti agus splanc sa dá shúil ghlasa.

'Tá socrú déanta agam dom féin, a Uncail Brian.'

'An mar sin é?'

Rinne sé meangadh beag gáire leis an gcuid eile. Meangadh gáire a chiallaigh 'Caithfear éisteacht léi seo, mar tá sí trí chéile, an créatúr'.

'Cén socrú, a Mháire?'

'Níl mé ag dul a bhacadh leis na scrúduithe. Tá mé ag dul a fhágáil na scoile faoi Cháisc.'

Bhreathnaigh siad uirthi agus gan smid astu.

'Ag fágáil na scoile? Agus céard a dhéanfaidh tú?'

'Tá rud le déanamh agam. Tá áit faighte agam i scoil mhainicíneachta Terry Smith. Tá sí ag iarraidh mé a earcú le tamall anuas. Tá sí ag iarraidh orm tosú ar an bpointe. Ní chaithfidh duine ar bith agaibh a bheith buartha fúm. Bhí Mamó ar an eolas faoi agus bhí sí sásta.' Ní dúirt sí focal faoina máthair. 'Beidh mé a sé déag an tseachtain seo chugainn agus cead agam an scoil a fhágáil faoi Cháisc.'

Rinne Brian gáire beag glic. Níor thaitin sé leis gan daoine a bheith ar aon intinn leis féin.

'Muise, a Mháire, nach furasta a bheith ag brionglóidigh. Tá costas mór ag baint le scoil mhainicíneachta. Ní maith liom é a rá, ach níl pingin agatsa. Ar ndóigh, seans go mbeidh cúpla euro ann duit in uacht do Mhamó ach ní bheidh leath do dhóthain ann . . .'

Níor lig Máire dó a chuid cainte a chríochnú.

'Ná bíodh imní ar bith ort. Tá urraitheoir agam. Ciarán Ó Dónaill. Chuala sibh caint air, is dócha. Tá comhlacht tithíochta aige. Féadfaidh sibh labhairt leis féin agus le

Terry. Tá an dá sheoladh agam agus na huimhreacha. Fanfaidh mé in éineacht le Nóra agus le Tom go dtí go mbeidh sé in am dom imeacht.'

Focal ní dúirt duine ar bith ach iad ag cur na súl tríthi.

'Tá mé ag iarraidh luí síos anois, murar miste libh. Lá fada a bhí ann.'

Chas sí ar a sáil agus amach léi as an seomra. D'fhág sí an comhluadar ina dtost ina diaidh.

* * *

'Seomra 248, a dhuine uasail. Tá do bhean anseo cheana féin.'

'Go raibh maith agat.'

'Ar mhiste leat an leabhar a shíniú, a dhuine uasail?'

Thug an cailín leabhar an óstáin do Chiarán.

'Go raibh maith agat, a Uasail Uí Dhónaill. Iarrfaidh mé ar an doirseoir do mhála a thabhairt suas staighre.'

'Go raibh maith agat.'

Rinne Ciarán gáire leis féin agus é san ardaitheoir. Bhí sé ag súil leis an lá seo le trí seachtaine. Deis le sult a bhaint as an saol in éineacht le Lisa. Go mór mór agus árasán dá chuid féin aige anois.

Stop an t-ardaitheoir ar an gcúigiú urlár. Amach le Ciarán. Bhí comhartha ann a léirigh gur ar dheis a bhí seomra 248. Lean sé an comhartha. Léigh sé na huimhreacha ag dul síos an pasáiste dó: '245, 246, 247,' arsa sé leis féin. Bhuail sé ar dhoras 248. Chuala sé glór á fhreagairt.

'Tar isteach.'

Isteach le Ciarán. Bhí Lisa ina suí cois na fuinneoige agus a droim leis an doras.

'Cuir ar an mbord é,' arsa Lisa.

144

'Céard?' arsa Ciarán go magúil.

Chas Lisa ar an bpointe.

'A Chiaráin! Shíl mise gurb é an caife a bhí ann.'

'Nach mór an trua nach é?'

'Is mór, muis.'

Thug sí trí choiscéim trasna an tseomra agus chuir sí a dá lámh timpeall air. Bhain Ciarán fáscadh mór aisti.

'Beag nár cailleadh mé ag fanacht leat, a Lisa.'

'Mise freisin.'

Bhí siad i ngreim barróige ar a chéile nuair a bualadh cnag ar an doras.

'An caife!' arsa an bheirt le chéile.

D'oscail Ciarán an doras. Bhí an caife ag duine de na cailíní freastail agus an doirseoir ag teacht ina diaidh agus an mála aige. Thug Ciarán cúpla euro dóibh agus dhún sé an doras.

'An bhfeiceann tú? Caife do bheirt a d'iarr mé. Bhí a fhios agam gur gearr go dtiocfá.'

'Maith thú. Tá tart orm tar éis an turais.'

Shuigh an bheirt ag an mboirdín cruinn sa chúinne. Bhreathnaigh Ciarán ina thimpeall. Is breá an seomra a bhí ann. Bhí sé an-gheal. Dath buí agus glas a bhí air, rud a chuir cuma an earraigh ar an áit. Thaitin an t-óstán seo leis. Seo é an tríú huair a tháinig siad ann agus bhain sé sásamh as i gcónaí. Freastal maith agus togha an bhia. Bhain sé lán na súl as Lisa anois gan tada a rá. Nach air a bhí an t-ádh cara chomh dílis a bheith aige. Bhí sí thar a bheith dathúil agus bhí pearsantacht an-taitneamhach aici. D'éirigh a chroí agus thuig sé arís go raibh sé i ngrá léi. Faoin am seo ba mhór an faoiseamh dó a bheith imithe ó Denise agus ón saol leamh, duairc a bhí acu. Anois bhí sé ag tnúth leis an saol nua a bhí i ndán dó in éineacht le Lisa.

'Cén chaoi a raibh an turas?' arsa Lisa.

'Go breá. Ní raibh an trácht róthrom. Tú féin?'

'Maith go leor. Bhí mé cúramach mar bhí sioc ann aréir. Níor mhaith liom cuid ar bith díom féin a mhilleadh ort.'

D'fhéach sí air go mealltach.

'Tá an ceart agat. Mar is breá liom gach píosa díot.'

Rinne Lisa gáire.

'Céard a dhéanfaimid anocht?'

'Theastódh cith i dtosach. Scíth ansin roimh an dinnéar. Amach ag clubáil ar ball, b'fhéidir?'

'Ceart go leor.'

D'éirigh Ciarán agus shín sé a lámh amach.

'Gabh i leith,' arsa sé go mín.

Anall léi. Rug Ciarán uirthi arís agus phóg siad a chéile go paiseanta.

'Is breá liom thú a bheith agam arís, a Lisa. Tá sé i bhfad ó chonaic mé thú.'

'Tá sé i bhfad, cinnte,' arsa sise.

Lig Ciarán a cheann siar le féachaint uirthi.

'Tá brón orm go raibh mé chomh gnóthach sin le tamall, a stór. Tuigeann tú féin an chaoi a raibh sé. Imeacht ó Ros Ard, aistriú chuig an árasán, an útamáil ar fad le dlíodóirí, ní áirím an rud ar fad le hAoife.'

'Tá a fhios agam, a Chiaráin. Ní raibh mé ag súil lena mhalairt.' Thug sí léi é chuig an *chaise longue* le cois na leapa. 'Cén chaoi a bhfuil rudaí anois?' arsa Lisa.

'Maith go leor. Fanann Aoife sa scoil ar feadh na seachtaine anois mar tá Denise ag iarraidh dul ar ais ag obair go luath. Níl mórán grá ag Aoife do cheachtar againn faoi láthair. Síleann sí go bhfuil sí tréigthe ag an mbeirt againn.'

'An bhfuil an t-árasán go deas?'

'Maith go leor. Déanfaidh sé cúis go fóill. Nuair a bheidh an colscaradh agus mo sciar féin den airgead faighte agam, ceannóidh mé árasán níos mó. Tá mé cinnte go bhfaighidh mé áit bhreá dúinn i gceantar deas.'

Tharraing Lisa a lámh siar mar a bheadh dó uirthi.

'Céard a dúirt tú?' arsa sí.

Chuala Ciarán an scanradh ina glór.

'A Lisa, a chroí,' arsa Ciarán go magúil, 'an bhfuil tú chomh mór sin faoi gheasa agam nach féidir leat aird a thabhairt ar mo chuid cainte?'

'Stop ag magadh, a Chiaráin.' D'éirigh Lisa ina seasamh. 'Céard a dúirt tú faoin árasán?'

Rinne Ciarán meangadh léi. D'fhreagair sé í go gealgháireach agus béim aige ar gach focal.

'Áit álainn don bheirt againn, mise agus tusa, a stór mo chroí.'

D'fhéach Lisa air agus alltacht uirthi. Chas sí a súile suas i dtreo na síleála agus síos i dtreo an urláir. Sháigh sí a giall amach.

'A Chiaráin,' arsa sí agus cliseadh uirthi, 'ní thuigeann tú beag ná mór.'

'Teach atá uait seachas árasán,' arsa seisean go tobann. 'Ceart go leor. Rud ar bith le tusa a shásamh. An chéad rud eile inseoidh tú an scéal do Howard agus imeoidh tú.'

'Imeacht ó Howard!'

D'airigh Ciarán fuacht ar a chraiceann nuair a chuala sé glór Lisa.

'Imeacht ó Howard agus ón *bistro*. Sin é atá uait, nach é?'

Rinne Lisa gáire searbhasach.

'Imeacht agus mé féin a cheangal, an é sin an rud atá i gceist agat? Tá cead agamsa mo rogha rud a dhéanamh, mo rogha duine a fheiceáil, mo chuid airgid a chaitheamh mar is mian liom. Níl baol orm mé féin a cheangal, leatsa nó le duine ar bith eile, a Chiaráin.'

Bhí fearg ar Lisa. Ní raibh súil aici leis seo ar chor ar bith. Cé go raibh Ciarán imithe ó Ros Ard anois agus gan aon bhaint aici féin le Denise feasta, shíl sí go dtaitneodh saol an fhir óig leis arís. Ní duine Ciarán a bheadh an-dílis do bhean ar bith. Ba mhaith léi é a fheiceáil níos minice, ach ní chuirfeadh sí dualgas uirthi féin.

Bhí Ciarán ina sheasamh i lár an tseomra faoin am seo agus é ina staic. Bhuail caint Lisa idir an dá shúil é. Ba dhíol trua é.

'Ach tá mé i ngrá leat, a Lisa.'

'Stad, a Chiaráin. Nach bhfuil aithne agam ort leis na blianta? Níl anseo ach cluiche duitse. Cluiche collaí le haoibhneas a chur ar an mbeirt againn. Cluiche iontach, fad a mhaireann sé.'

Shuigh Ciarán síos agus chuir sé a cheann idir a dhá bhos.

'A Lisa, caithfidh tú mé a chreidiúint. Scéal eile é seo. Ní hionann tusa agus mná eile.'

'Ní hionann, a Chiaráin, is fíor duit. Tá brón orm, ach ní maith liom do chuid pleananna. Tá rudaí go breá mar seo. Píosa craic.'

'Ní hea, a Lisa. An rud ar fad, nó tada.'

Shiúil Lisa chomh fada leis agus leag sí lámh ar a ghuaillí.

'Caithfidh mé slán a fhágáil agat, mar sin. Tá brón orm. Tá súil agam nach bhfuil an saol millte agam ort más ar mo shonsa a d'imigh tú ó Denise.'

Níor fhreagair Ciarán í. Bhí na súile sáite san urlár aige.

'Beidh mise ag imeacht, mar sin,' arsa Lisa.

Tuilleadh masla dó a bheadh ann leath an airgid a thabhairt

dó ar an seomra. Rug sí ar a cóta agus ar an gcás éadaigh a bhí gan oscailt. Bhreathnaigh sí ar Chiarán agus d'airigh sí rud nár airigh sí riamh roimhe sin. Trua. Bhí trua aici d'fhear a chaith a shaol uaidh ag imirt cluichí fánacha le daoine eile. Ach rud nár thuig sé: an té a bhíonn thuas, ní bhíonn sé thuas ach seal. Dhún sí an doras go héadrom ina diaidh gan oiread agus focal eile a rá.

*　*　*

Chas Aoife agus Máire ar a chéile i gcaifé i lár an bhaile mhóir. Bhí áthas ar an mbeirt acu a chéile a fheiceáil arís.

'Tá brón orm faoi do Mhamó,' arsa Aoife nuair a shuigh siad síos.

'Go raibh maith agat,' arsa Máire.

'Bhí mé ag iarraidh teacht chomh fada leat ach bhí rudaí an-dona sa bhaile.'

'Tá sé imithe, an bhfuil?'

'Tá. Le cúpla seachtain. Ina chónaí in árasán atá sé.'

Bhí leisce ar Mháire ceist a chur an leis féin a bhí Ciarán Ó Dónaill ina chónaí.

'Beidh Mama ag imeacht amárach.'

'Agus cén chaoi a bhfuil cúrsaí ar scoil?' arsa Máire go héadrom.

'Maith go leor. Níos fearr ná mar a shíl mé. Tá mé in aon seomra le Nuala agus le cailín as Sligeach, Deirdre. Tá siad go deas.'

'Tá tú sásta go leor, mar sin, an bhfuil?' arsa Máire.

'Is dócha. Ach tá uaigneas orm cheana féin.'

Dhearg sí tar éis di a cuid mothúchán a nochtadh.

'Ná bac. Féadfaidh tú dul abhaile chuig do mháthair ar an deireadh seachtaine,' arsa Máire go ciúin.

'Féadfaidh.'

Dhearg sí arís.

'Tá brón orm, a Mháire. Níl ansin ach mo chás féin. Ach maidir leatsa . . .' Níor chríochnaigh sí an abairt. 'Níl duine ar bith agam anois.'

Thuig Máire an rud a bhí i gceist aici.

'Bíonn uaigneas ormsa freisin. Ach is gearr go mbeidh mo dhóthain le déanamh agam.'

'Cén chaoi?' arsa Aoife.

'Tá mé ag imeacht. Ghlac mé le tairiscint Terry.'

Leath na súile ar Aoife nuair a chuala sí an scéal.

'Ach céard faoi na scrúduithe?'

'Is cuma fúthu sin. Seo deis rómhaith le caitheamh uaim. Níl ceangal ar bith orm anseo níos mó. Seans go bhfeabhsóidh an saol tar éis dom imeacht.'

Shíl Aoife go raibh rud seachas bás a seanmháthar ag dul i bhfeidhm ar Mháire ach ní dúirt sí tada.

'Cén uair a bheidh tú ag imeacht?'

'Beidh cead agam imeacht faoi Cháisc.'

Ní dúirt Aoife aon cheo ar feadh tamaillín.

'Is é Dad atá ag tabhairt an airgid duit, nach é?' a deir sí ansin.

'Is é,' arsa Máire agus thuig sí an fáth a raibh Aoife ina tost.

'Feicfimid a chéile ó am go ham.'

Rinne Máire gáire go cairdiúil.

'Bí cinnte go mbeidh d'athair ag iarraidh toradh a chuid airgid a fheiceáil. Gheobhaidh tú turas go Baile Átha Cliath as, déarfainn.'

'Tá súil agam.'

Bhain Máire fáscadh as lámh Aoife.

'Is cairde muid, a Aoife.'

D'airigh Aoife an cairdeas sin agus bhí náire uirthi. Bhreathnaigh sí ar a huaireadóir.

'Caithfidh mé an bus a fháil anois, a Mháire. Tá Mam ag teacht le slán a rá.'

'Ceart go leor. An bhfeicfimid a chéile an tseachtain seo chugainn?'

'Feicfidh, ar ndóigh. Anseo arís, an t-am céanna?'

'OK.'

'Slán anois. Tabhair aire duit féin.'

'Tusa freisin. Slán.'

D'ordaigh Máire cupán eile caife. Ní raibh deifir uirthise dul in áit ar bith.

* * *

Maidin lá arna mhárach, d'éirigh Denise go luath agus réitigh sí í féin gan mhoill. Níor chodail sí go maith. Ghoill sé uirthi slán a rá le hAoife cé go bhfeicfeadh sí í faoi cheann coicíse. B'fhearr léi gan teacht abhaile an chéad deireadh seachtaine le deis a thabhairt don bheirt acu socrú síos ina saol nua. Tháinig Nan go moch le cinntiú go raibh gach ní i gceart. Ise a bheadh i bhfeighil an tí fad a bheadh Denise as baile. D'osclódh sí na fuinneoga i rith na seachtaine agus mar sin de, agus réiteodh sí an áit i gcomhair an deireadh seachtaine. Chuala Denise an carr sular tháinig Tadhg chuig an doras. Bhí sí ag cur an tí faoi ghlas nuair a tháinig Tadhg timpeall an choirnéil.

'Tá tú réidh, *fair play* duit,' arsa sé nuair a chonaic sé í.

'Cén mhaith a bheith ag déanamh moille?' arsa sise.

'An bhfuil gach rud agat?'

'Tá súil agam go bhfuil. Shílfeá nach mbeidh mé ar ais go

brách, an chaoi a bhfuil tú ag caint, a Thaidhg. Beidh mé ar ais faoi cheann coicíse.'

'Tá brón orm. Níl ann ach rud a déarfá, is dócha.'

Ní dúirt Denise tada. Thuig sí go raibh sí buille borb leis. Bhí sí neirbhíseach inti féin agus gan mórán misnigh aici.

Chuir Tadhg na málaí i gcúl an chairr agus shuigh sé isteach lena taobh. Bhí sé socraithe ag Denise go bhfágfadh sí a carr féin sa bhaile an chéad uair go dtí go gcuirfeadh sí eolas ar an áit nua. Ní raibh smid as ceachtar acu agus iad ag tiomáint síos chuig geataí Ros Ard. Chonaic Tadhg Denise ag féachaint ar an teach sula ndeachaigh sé ó léargas orthu. Leag sé a lámh féin ar lámh Denise go héadrom.

'Mar a deir tú, beidh tú ar ais faoi cheann coicíse.'

'Beidh,' arsa sise go ciúin.

Ach thuig Tadhg a cás. Lá mór a bhí ann di. Deireadh le tréimhse fhada saoil agus tús le tréimhse nua. Shíl Denise go raibh sí buille sean le tabhairt faoi rudaí as an nua, ach bhí a fhios aici ina croí gurbh in é a bhí uaithi. Dhéanfadh an obair maitheas di. Tháinig aoibhneas uirthi nuair a smaoinigh sí ar an athrú a bhí i ndán di.

Shroich siad an stáisiún gan stró agus bhí an t-am acu le caife a ól.

'Tabharfaidh tú aire mhaith duit féin,' arsa Tadhg nuair a bhí siad ina suí.

'Beidh mé go breá.'

Rinne Denise meangadh gáire faoin imní a bhí ar a cara.

'Ach níl mórán taithí agat . . .'

Ghiorraigh sé an abairt.

'. . . a bheith liom féin, an ea?' arsa Denise. 'Tá a fhios agam, a Thaidhg, agus tá sé thar am agam. Caithfidh mé mo shaol a thosú as an nua.'

D'aithin sí an solas ina shúile.

'Tá a fhios agat go mbeidh mise ann duit. Ní bheidh le déanamh agat ach an fón a ardú.'

'Tá a fhios agam, a Thaidhg. Murach tú bheinn go dona.'

D'airigh Denise an cion mór a bhí ag Tadhg uirthi. Bhí an-mheas aici air, ach ní raibh sí ag iarraidh a leithéid sin faoi láthair. Bhí cumha agus uaigneas uirthi fós, agus ainneoin a ndearna Ciarán uirthi, bhí pian ina croí ó d'imigh sé. Thuig Denise nach ndéarfadh Tadhg tada eile. Thuig sí nach n-iarrfadh sé tada uirthi mura mbeadh sí réidh. Ba mhó an meas a bhí aici air dá bharr sin.

Rug Denise greim láimhe air arís.

'Tá sé in am imeacht, a Thaidhg.'

'Tá,' arsa seisean.

D'iompair sé a cuid málaí chuig an traein agus leag sé go cúramach iad idir dhá shuíochán taobh thiar di.

'Sin é, is dócha,' arsa sé agus snaidhm ar a theanga.

'Sin é. Go raibh maith agat faoi theacht.'

'An nglaofaidh tú orm nuair a bheidh tú ann?'

'Cinnte. Tabhair aire duit féin.'

'OK. Beidh mé ag smaoineamh ort.'

'Mise freisin.'

Chuala siad feadóg an gharda.

'Caithfidh tú imeacht,' arsa sise leis.

'Ceart go leor.'

Rug Tadhg barróg uirthi agus d'fháisc sé chuige í.

'Slán, a chroí. Tabhair aire duit féin.'

Is beag nár bhris na deora ar Denise. Chuala siad na doirse ag dúnadh de phlimp ag ceann na traenach.

'Feicfidh mé thú faoi cheann coicíse,' arsa Denise.

Scaoil Tadhg a ghreim uirthi. Bhí tocht air agus ní dhearna

153

sé ach sméideadh. Bhreathnaigh Denise air ag dul amach as an traein gur sheas sé ar an ardán. Shuigh sí cois fuinneoige. Nuair a thosaigh an traein ag imeacht d'oscail sí an fhuinneog agus chroith sí lámh air fad a bhí léargas air. D'fhan seisean ar an ardán ar feadh cúpla nóiméad ina diaidh.

'Tiocfaidh mé ar ais,' arsa Denise léi féin agus meangadh gáire uirthi. 'Tiocfaidh mé ar ais, go cinnte.'

* * *

'Nach fada a choinnigh sibh ina rún é! Shíl muidne nach raibh ionaibh ach cairde.'

Bhí na mná bailithe timpeall ar Diane. Bhí siad ag déanamh iontais den scéal nua agus den fháinne a bhí uirthi.

'Tá a fhios againn anois cén fáth a raibh Nollaig mhaith agat.'

Bhí ríméad agus gliondar ar Diane. Bhí lasadh ina héadan, rud a chuir lena cuid dathúlachta. Tháinig cuid de na fir anall chucu. Bhí seomra na múinteoirí lán.

'Bhí muid ag ceapadh go raibh rud éigin ag tarlú. Bhí Greg an-chiúin le deireanas.'

'Ag iarraidh a dhéanamh amach an leor a thuarastal le bean a choinneáil!' arsa fear eile.

Isteach le Greg. Cuireadh na múrtha fáilte roimhe agus chruinnigh na daoine ina thimpeall ag déanamh comhghairdis leis. Ní raibh súil aige lena leithéid. Bhí náire air mar gheall ar an rírá ar fad. Chonaic sé Diane i measc na mban. Nuair a thuig sé chomh ríméadach is a bhí sí lig sé oiread ríméid air féin is a d'fhéad sé.

'Cén uair a bheidh an lá mór ann, a Greg?' arsa duine dá chuid comhghleacaithe.

'Fágfaidh mé é sin fúithi féin,' arsa sé, chomh haerach is a d'fhéad sé.

Ceiliúradh beag ciúin a bhí i gceist ag Greg in onóir na hócáide seo. Ach bhí an rud ar fad imithe ó smacht. Nuair a chuaigh siad ar cuairt chuig muintir Diane chun an fáinne a thaispeáint dóibh, bhí lán an tí rompu, agus nuair a chuaigh sé abhaile chuig a mhuintir féin, bhí an scéal ag madraí an bhaile. Tháinig leath an pharóiste chuig an teach, cártaí agus bronntanais leo. Thosaigh Diane agus a mháthair ag cur síos ar ghúnaí pósta agus eile. Agus mar bharr air sin, an ruaille buaille seo an chéad lá den téarma.

Ba bhreá le Greg a rá leis na daoine suaimhneas a dhéanamh agus ligean do rudaí tarlú de réir a chéile. Is beag deis a bhí faighte aige féin smaoineamh ar an ngealltanas a thug siad dá chéile ón oíche a d'iarr sé ar Diane é a phósadh. Bhí faitíos air a admháil—dó féin, fiú—go raibh botún déanta aige. Ach tar éis dó oícheanta go leor a chaitheamh ar bheagán codlata thuig sé go maith anois go raibh seafóid air. Bhí sé mór le Diane. Bhí grá aige di. Ach ní grá buan daingean a bhí ann. Ba le bean eile cuid dá chroí bíodh is gur bheag a bhí eatarthu. Na mothúcháin a mhúscail Máire Bhreatnach ann, is rud é nach dtarlaíonn do dhuine ach uair amháin ina shaol. Fad a bheadh an scéal amhlaidh, is suarach an saol a bheadh aige in éineacht le Diane.

'Tá brón orm faoi seo, a Greg.'

Níor thug sé faoi deara ach bhí Diane ina seasamh lena thaobh.

'Chonaic na mná an fáinne. Tá a fhios agat féin. Ní miste leat, an miste?'

'Is cuma, ar ndóigh. Is é an chaoi gur scanraíodh mé.'

Bhuail an clog agus ar aghaidh le cách go dtí na ranganna.

'Feicfidh mé ar ball thú?' arsa Greg.

'Ceart go leor. Ó, a Greg, chuala mé gur cailleadh Mamó Mháire Bhreatnach. Ar fhaitíos go mbeadh sí sa rang agat inniu, b'fhearr go mbeifeá ar an eolas.'

'Ceart go leor. Go raibh maith agat,' arsa Greg.

Ní fhéadfadh Greg gan smaoineamh ar Mháire Bhreatnach ina dhiaidh sin. Ní raibh duine ar bith aici anois. Bhí fonn air fios a chur uirthi le rá go raibh brón air agus le cúnamh a thairiscint di. Ach thuig sé gur rud an-chontúirteach a bheadh ansin. Ní fhéadfadh Diane gan smaoineamh ar Mháire Bhreatnach ach oiread. Bhí sé ag teip uirthi gan a hainm a lua le Greg an t-am ar fad. Ar mhaithe leis an amhras a fheiceáil i súile Greg a bhí sí á dhéanamh, dar léi. Bhí a fhios ag Diane go raibh grá ag Greg di féin, ach thuig sí freisin go raibh sé meallta ag Máire, cé nár admhaigh sé sin riamh. Dá bhféadfadh sé gan géilleadh don mhealladh sin, seans go mbeadh siad sona sásta le chéile.

Rinne Diane ar an *gym* agus tháinig Máire Bhreatnach ina coinne.

'A Mháire, comhghairdeas leat faoin snámh. Tá brón orm nach raibh mé i láthair. Bhí dualgais bhaile orm. Dúirt Iníon Uí Chárthaigh go raibh tú ar fheabhas. Ar bhain tú taitneamh as an gcomórtas?'

'Bhain.'

Is beag fonn cabaireachta a bhí ar Mháire.

'Chuala mé faoi do Mhamó freisin, a Mháire. Tá brón orm.'

Ní dúirt an bhean ab óige tada agus ba léir do Diane go raibh an-uaigneas uirthi.

'Céard a dhéanfaidh tú anois?'

'Tá mé ag dul a fhágáil na scoile faoi Cháisc.'

'Ó! Agus céard faoi na scrúduithe?'

'Níl mé ag dul a bhacadh leo.'

'Agus cá rachaidh tú?'

'Tá mé ag imeacht liom ag obair.'

Níor lig Diane uirthi go raibh an scéal cloiste aici faoin scoil mhainicíneachta, agus ba léir nach raibh fonn ar Mháire an scéal a insint.

'Go n-éirí an t-ádh leat. Ach tá scéal agam féin freisin. Tá mé féin agus an tUasal Dillon geallta le pósadh.'

Shín Diane a lámh amach ach níor thug Máire aird ar bith ar an bhfáinne. Rinne sin óinseach de Diane. Níor thuig sí ó Dhia cén fáth a ndearna sí rud chomh páistiúil sin, ach amháin le gaisce.

'Caithfidh mé imeacht anois. Tá an rang ag tosú.'

Bhreathnaigh Diane uirthi ag imeacht. Déanfaidh tú an-mhainicín go deo, a Mháire, arsa sí léi féin. Feicfimid do phictiúr sna hirisí agus cloisfimid fút sna meáin. Meas tú, an éireoidh liom éalú uait go brách? Ní chuig an rang a chuaigh Máire ach caol díreach amach as an scoil. Ní fhaca aon duine í an chuid eile den tseachtain.

*   *   *

'An bhfuil tú cinnte dearfa gur sin an rud is mian leat a dhéanamh?'

'Táim.'

Bhí Máire agus a huncail Brian ina suí in oifig an Phríomhoide.

'Obair chrua atá ann. An dtuigeann tú é sin?'

'Tuigim.'

'Shíl mé féin agus a haintín é sin a mhíniú di, ach is obair in aisce a bhí ann,' arsa Brian leis an bPríomhoide. 'Tá Máire cinnte go bhfuil sí ag iarraidh a bheith ina mainicín. Ach caithfidh mé a rá nach bhfuil eagla ar Mháire roimh obair chrua.'

'Go díreach. Chruthaigh sí thar barr ar scoil arís i mbliana. Sin é atá ag goilliúint ormsa. Cuirfidh sí é sin amú. Ní hé go bhfuil drochmheas agam ar an obair sin ach d'fhéadfadh Máire freastal ar an gcoláiste.'

Ba chuma leis an bPríomhoide faoi aon rud seachas faoi cháilíochtaí acadúla. Bhí míshuaimhneas ag teacht ar Mháire.

'Ní éiríonn le gach duine san obair sin, a Mháire.'

Bhreathnaigh an Príomhoide uirthi go géar.

'Níor mhaith liom díomá a chur ort. Ach is ait an obair í.'

Labhair Brian arís.

'Tá ardmheas ag Terry Smith uirthi. Is léir sin ón litir. Agus tá urraíocht aici ó Chiarán Ó Dónaill. Is mór is fiú a leithéid sin.'

'Tuigim, tuigim,' arsa an Príomhoide.

Bhí iontas ar Mháire a huncail a chloisteáil ag labhairt ar a son. Dúirt sí:

'Sin é atá mé ag iarraidh a dhéanamh, a dhuine uasail. Má thugann tú cead dom, imeoidh mé ag deireadh an téarma.'

'Is ea, agus dhá lá saor ón scoil in aghaidh na seachtaine le tosú ar an traenáil,' arsa Brian leis an bPríomhoide.

'Tuigim,' arsa seisean. 'Dúradh é sin sa litir.'

Léigh sé litir Terry arís agus bhreathnaigh sé go grinn ar Mháire.

'Tá go maith, a Mháire Bhreatnaigh, tabharfaidh mé cead duit. Féadfaidh tú tosú ar an dá lá an tseachtain seo chugainn. Déardaoin agus Dé hAoine, nach ea?'

'Is ea.'

D'éirigh an Príomhoide ina sheasamh.

'Bhuel, sin sin, mar sin. Go n-éirí an t-ádh leat. Tá súil agam go gcuirfidh tú cáil na scoile i bhfad agus i gcéin.'

Rinne Máire meangadh beag, ach ní dúirt sí tada.

'Míle buíochas, a dhuine uasail,' arsa Brian, 'ba dheas aithne a chur ort.'

Bhreathnaigh an Príomhoide Liam Ó Néill orthu ag siúl suas an pasáiste. Bhain sé croitheadh as a cheann agus ar ais leis go dtí an oifig le haghaidh a thabhairt ar an gcarnán páipéarachais a bhí ag fanacht leis.

'Sin é, mar sin, a Mháire,' arsa Brian, 'tá mise ag dul abhaile. An mbeidh tú ceart go leor?'

'Beidh,' arsa sise.

'Féach, an bhfanfaidh tú linn an deireadh seachtaine seo? Baileoidh mise thú san oíche Dé hAoine.'

'Ó, níl a fhios agam . . .'

Níor lig sé di a cuid cainte a chríochnú.

'Le do thoil, a Mháire. Ba bhreá linn do chomhluadar.'

'Tá go maith, mar sin. Go raibh maith agat arís.'

'Slán go fóill. Feicfidh mé thú san oíche Dé hAoine.'

Bhreathnaigh Máire air ag dul síos an pasáiste. 'Mar a chéile muid is dócha,' ar sise léi féin.

*　　*　　*

Bhí Greg sásta go raibh rang saor aige le hobair bhaile an chúigiú bliain a mharcáil. Bhí cuid mhaith le déanamh fós agus na scrúduithe ag druidim leo. Bhí a fhios aige go raibh sí ann sular ardaigh sé a cheann. Bhí sí le brath.

'Nach bhfuil rang agatsa anois?'

'Tá, is dócha. Ach is cuma.'

Bhí sé ráite ag Diane leis go raibh Máire ag imeacht, ach níor lig sé air go raibh a fhios aige.

'An bhfuil cúnamh uait le rud éigin?'

'Tháinig mé le comhghairdeas a dhéanamh leat.'

Dhún Máire an doras ina diaidh agus shiúil sí aníos chuige.

'Chuala mé go bhfuil tú geallta. Ní raibh aon airgead agam le bronntanas a cheannach. Tá brón orm.'

An chaoi a ndúirt sí na trí fhocal deiridh, shíl sé gur trua a bhí aici dó. Bhí náire air. Shuigh Máire os a chomhair agus chuir Greg a pheann ar an deasc.

'Tá scéal agam féin,' arsa Máire, 'ach is dócha go bhfuil tú ar an eolas cheana. Tá mé ag fágáil na scoile. Tá mé ag fágáil an bhaile seo freisin.'

'A Mháire, an bhfuil tú cinnte gurb é an rud ceart é?'

Gheit Máire nuair a chuala sí an chairdiúlacht nua ina ghlór. Uirthise a bhí an náire anois.

'Níl tada anseo dom. An bhfuil? Ní anois.'

'Bhí an-bhrón orm cloisteáil faoi do Mhamó. Tá a fhios agam go raibh tú mór léi.'

Bhreathnaigh Máire air. Bhí a fhios acu beirt nach ar bhás a Mamó a bhí an chaint.

'Is dócha go gcaithfidh tú aghaidh a thabhairt ar do shaol féin anois. Agus mar a dúirt tú, níl mórán anseo duit, an bhfuil? Ní an rud atá uait, ar aon nós. An t-am agus an áit a maireann duine, a Mháire, sin é a mhúnlaíonn a shaol.'

'Agus na daoine,' arsa sise.

Bhí iontas ar Greg chomh fásta agus a bhí sí ó chonaic sé í go deireanach roimh Nollaig. Bhí go leor ann ba mhaith leis a rá ach ní mórán a d'fhéadfadh sé a rá.

'Ní iarrfaidh tú orm fanacht, mar sin?'

'Níl tada agam duit.'

Ba thrua le Greg dá n-imeodh sí. Ach ní fhéadfadh sé a rá léi fanacht. Is géire a ghoillfeadh sé sin uirthi sa deireadh.

'Ní fheicfidh tú an-mhinic mé ina dhiaidh seo. Tá cead agam dul ar an gcúrsa dhá lá in aghaidh na seachtaine. Ní bheidh mé istigh go rialta na laethanta eile.'

Bhí a glór ar crith. D'éirigh Greg agus sheas sé lena taobh. Céad faraor nach raibh a fhios aige céard ba cheart a rá. Rug sé greim láimhe uirthi agus bhreathnaigh sí air.

'Tá brón orm, a Mháire.'

Níor fhreagair sí é. Ní raibh freagra ar bith le tabhairt. Ba bhreá le Máire croitheadh a bhaint as. A rá leis éirí as an tseafóid. A rá leis a chuid grá a léiriú. A rá leis dul chuig Diane Ní Loingsigh agus an fáinne a stracadh dá méar. Ach ní fhéadfadh sí. Ní raibh sa ghrá sin ach rud a bhraith sí. Ní raibh cruthúnas ar bith ann.

'Bhí mé ag iarraidh slán a rá. Beidh an iomarca gasúr thart an lá deiridh.'

'Beidh.'

'Imeoidh mé liom anois. Ligfidh mé duit a bheith ag marcáil.'

D'fháisc sé a ghreim ar a lámh.

'Maith go leor,' ar seisean.

Níor tharraing sise a lámh siar. D'fhan siad mar sin.

'B'fhéidir gur i gceann de na hirisí a chloisfidh mé caint ort an chéad uair eile,' arsa Greg leis an teannas a mhaolú.

Rinne sise gáire.

'Is ea, b'fhéidir.'

'Déanfaidh tú an-mhainicín go deo.'

'Tá súil agam.'

Bhain Máire fáscadh beag as a lámh agus chas sí uaidh. Shiúil sí i dtreo an dorais go mall agus chas sí timpeall arís.

'Cuirfidh mé pictiúr chugat.'

Bhí iontas ar Greg chomh haerach is a dúirt sí é sin.

'Ar ndóigh, ní dalta scoile a bheidh ionam níos mó.'

'Ní hea.'

Rinne sí meangadh leis.

'Go n-éirí leat.'

Bhí a súile ar lasadh agus an t-ualach gruaige rua anuas thar a guaillí ina tonnta. Dhún sí an doras ina diaidh.

D'fhan Greg Dillon ina shuí agus gan cor as ar feadh tamaillín tar éis di imeacht. Bhí an ghrian ag taitneamh isteach tríd an bhfuinneog ar an deasc agus ar an gcóipleabhar a bhí á mharcáil aige. Dhún sé an cóipleabhar agus chuir sé leis na cinn eile é. Chríochnódh sé an obair ar ball beag. D'airigh sé teas na gréine ar a mhuineál. Rinne sé gáire leis féin. Smaoinigh sé ar chaint Mháire agus bhain sé faoiseamh aisti. Thuig sé anois go gcaithfeadh sé an gealltanas pósta le Diane a bhriseadh. Ní raibh a fhios aige cén chaoi lena dhéanamh ach thiocfadh misneach chuige ar bhealach éigin, cé nach mbeadh sé éasca.

Shiúil Máire amach as an scoil. Bhí sí níos sásta inti féin ná mar a bhí le tamall. 'Amárach, beidh athrú ar chúrsaí,' ar sise léi féin. Chuir sí gach rud le chéile ina ceann. Bhí athrú ar Greg. Bhí solas ina shúil nach bhfaca sí cheana. Bhí oscailteacht ann nach raibh le brath roimhe sin. Bhí nádúr ina ghlór agus iad ag fágáil slán ag a chéile nach mbíodh ann. Bhí sí cinnte anois go mbeadh an saol ar fad ina cheart lá breá éigin. Bhí doras ag oscailt di agus an saol ag fanacht léi. Bhí sí réidh anois le dul tríd an doras sin agus lánmhisneach aici.

Foclóirín

Caibidil 1

bail	*state*
blonag	*fat*
braillín	*sheet*
briosc	*dry*
brocamas	*filth*
catach	*curly*
cearr	*wrong*
clúidín	*nappy*
comaoineach	*communion*
conús	*gobshite*
crochadh	*lift/carry*
crónán	*humming*
dáir	*lust*
easaontas	*disagreement*
fonóid	*mocking*
gealgháireach	*good-humoured*
gean	*grá*
gíoscán	*squeaked*
gliomach	*lobster*
glioscarnach	*sparkling*
gnaíúil	*kind*
goimh	*sting*
grianán	*veranda*
gruagaire	*hairdresser*
líbín gruaige	*lock of hair*
mainicín	*model*
meidhreach	*cheerful*
mianach geal	*fair-skinned*
níolann	*laundrette*
óinsiúlacht	*silliness*
scairteadh	*blistering (sun)*
soineanta	*innocent*
stánadh	*staring*
suirí	*chasing*

téagartha	*well-built*
toit	*smoke*
úth bó	*cow's udder*

Caibidil 2

annamh	*rare*
briotach	*hesitant*
cuaráin	*sandals*
cúlchaint	*gossip*
dícheallach	*vigourously*
díomhaoin	*idle*
doicheall	*tension*
doirteal	*sink*
féinmheas	*self-respect*
feitheoireacht	*supervising*
fuarchúiseach	*cold (emotionally)*
fuinneamh	*energy/purpose*
galántacht	*opulence*
machnamh	*consider*
sciotach	*giddy*
sciúradh	*scrubbing*
sléibhteoireacht	*mountaineering*
sobal	*foam*
sracfhéachaint	*glance*
tugtha	*exhausted*

Caibidil 3

aimhréidh	*difficult*
anamchairde	*soulmates*
bladar	*chit-chat*
borb	*rude*
buinneach	*bullshit*
caidreamh	*contact*
casaoid	*complaining*
cliseadh	*to fail/break down*
coimhlint	*conflict*

cothú	develop
cumadh	lying
cur i gcéill	pretence
deoraí	no-one at all
drogall	reluctance
dúil chráite	terrible longing
fireann	male
flúirseach	abundant
gangaid	spite
gliondar	delight
gob talún	headland
ildaite	colourful
ladhracha	fingers/toes
loinnir	light
marbhánta	lifeless
meandar	split second
mórchúiseach	proudly
oibriú farraige	rough seas
rábach	gustily
rian	semblance
ruaigeadh	dispel
sacadh	joking
saonta	gullible
sioscadh	whispering
sólás	comfort
sollúnta	solemn
spréachadh	anger
stangadh	shock

Caibidil 4

cith	shower
coiléar	collar
fainic	warning
faoi gheasa	enthralled
girseach	girl
go tláith	tenderly
íde	mistreatment

infheistíocht	investment
lonrú	shining
matán	muscle
míthuiscint	misunderstanding
plámás	flattery
réchúiseach	easy-going
scáth	fear
scinneadh	slicing
searradh	stretch
sloinne	surname
spochadh	to tease
straois	leer
stuama	sensible
tacaíocht	support
tarrtháil	to save
téagar	strength
teannadh	to tense
tionscadal	venture
tiontú	to turn

Caibidil 5

ag tnúth	looking forward
ar maos	dripping
bacach	lame
béalscaoilte	indiscreet
bithiúnach	rogue
cearrbhachas	gambling
cloíte	overcome
cneasta	kind
colbha	edge
cumasach	talented
cuthach	rage
daoradh	condemn
diabhlaíocht	mischief
drúis	desire
dúr	sour
faobhar	edge

giorraisc	blunt
maithiúnas	forgiveness
samhlaíocht	imagination
slogadh	to swallow
smeartha	oily
snua agus cneas	complexion/skin
sócúlach	cosy
srannadh	snoring
tintreach	lightning (sparks)
toilteanach	eager
trian	third

Caibidil 6

balbh	dumb/mute
breacsholas	half-light
cneasú	heal
cumann	relationship
dé ná deatach	sight nor light
dianmhachnamh	to consider seriously
gariníon	grand-daughter
máthair mhór	grand-mother
tromchúiseach	having serious consequences
umhlaíocht	humility

Caibidil 7

ar an toirt	immediately
brúcht	bloat
cúiseamh	to accuse
fíorú	realise/substantiate
i ngleic le	struggling with
meirfean	dizziness
sceana	knives
sealús	property
seomra mór	lounge
tairiscint	offer

Caibidil 8

comhghleacaithe	*colleagues*
earcú	*recruit*
goilliúint	*to sadden*
leamh	*tedious/tasteless*
míshuaimhneas	*disquiet*
obair in aisce	*waste of time*
ríméadach	*delighted*
searbhasach	*sarcastically*
útamáil	*fidgeting/messing*